体育祭の女神!
173.9K
910
501
めっちゃ汗かいた!!
それな(σ≧∀≦)σ
今日もかわいい〜〜
絶対勝つる!!

盛り上がる青春
白組優勝間違いなし
JN104308

Vol.2

CONTENTS

口絵・本文イラスト：ひげ猫　デザイン：AFTERGLOW

「ひな姉のパンツで仮面ライバーの物真似！似ているでしょ！」
九条 ひなみ Kujo Hinami
地下鉄で涼が助けた美少女。テレビに映った姿が『千年に一人の美少女』と有名になる。
「あー！ コラッ！何しているのよもう!?」
九条 蜜柑 Kujo Mikan
ひなみの妹。いたずら好きで、最近はドラマ『仮面ライバー』にはまっている。

「……肝試し大会の時、
私涼の頬にキスしたじゃん……。
女子にキスされるのって、
あれが初めてだったり？」
「え？」
「そ、その……。
答えてよ、涼」
佐々波
佐々波 友里 Sazanami Yuri
涼の音ゲー友達。小学生の時の初恋の相手が涼だと知って、少し雰囲気が変わった。

地下鉄で美少女を守った俺、名乗らず去ったら全国で英雄扱いされました。2

水戸前カルヤ

角川スニーカー文庫

23647

第一話——登校

林間学校を終えてから一週間が過ぎた、とある日の朝。

朝の日が光り輝く中、俺は瞼が半分落ちた状態のまま駅構内で人を待っている。

「ふあぁぁ……。超眠い……」

俺は眠たすぎて思わずあくびが出てしまう。

昨日音ゲーに集中しすぎて、全く眠れていない。多分睡眠時間は三時間程度だ。

夜行性の一面を持つ俺でも、三時間睡眠は正直きつい。今すぐ部屋に戻ってもう一度眠りたい。

だが、一緒に登校すると約束しているから、それはできない。

眠たくても我慢だ、我慢。

「さて……もうそろそろ来るかな」

ズボンのポケットからスマホを取り出し、時刻を確認する。

すると画面が待ち合わせした時間の五分前を表示していた。

お、五分前だからもう来るかな。

そう思った直後だ。

「涼君！　おはよう！　ごめんね、いつも待たせちゃって！」

背後から俺を呼ぶ声が聞こえた。

振り返ると、綺麗な黒髪を揺らしながら、ピョンピョンと跳ねるように走ってくる一人の少女が見えた。

「よっ、ひなみ。おはよう」

「うん！　おはよう！」

林間学校を終えてからも、俺とひなみはほぼ毎日一緒に登校をしている。

ショッピングモールでデートをすることになったあの日の帰りに、約束したからな。

それに、陰でずっと守ると決めたからには、できる限り傍にいないと。

「よし、そんじゃ行くか」

「うん！」

俺とひなみは、そのまま時乃沢高校まで続く一本道を一緒に歩み始める。

最近気温が上昇しているためか、ただ歩いているだけでも、汗ばむ様になり始めた。春の心地よい暖かさが消え、代わりにジメジメとした暑さが日に日に増していく。

入学式の時、この一本道に満開の桜が沢山咲いていたが、今ではすっかりあの華やかさは消えている。

もう夏になるのか。時が過ぎるのは早いな。

「最近ちょっと暑くなってきたね、涼君」

そう言うひなみの額からは、数滴の汗がゆっくりと流れていた。

また、暑くて我慢できなかったのか、制服の襟を摑みパタパタと扇ぎ始める。

「確かに暑くなってきたな。俺もちょっと汗かき始めているし」

「なんだかあっという間に時が過ぎちゃうね！　もうそろそろしたら、体育祭もあるし」

「そうだなー。ん？　体育祭？」

その言葉を聞き、俺は思わず聞き返す。

「うん。あと三週間後ぐらいに体育祭だよ！　多分今日の放課後に色々と係とか決めると思う！」

「そ、そっか。体育祭ってこの時期に行われるのか」

やばい。すっかり体育祭のことを忘れていた。全然頭になかったな。

高校入学と同時にひなみと再会し、色んなイベントが起きたから、すっかり頭から抜け落ちていた。

林間学校が終わってすぐに行われるのか。夏休みが始まるまでの間が楽しくなりそうだ。

「高校生になって初めての体育祭だから、凄く緊張しちゃうね。でも今年は友里と古井ちゃんと同じクラスになれたから、思い出が沢山できそう！」

「今まで同じクラスになれなかったんだっけ？」

「うん、それでいつも体育祭の組が別れてたから、凄く楽しみなんだ！」

ジメジメとしたこの暑さを逆に食らい尽くすように、ひなみの目がメラメラと燃え始める。

ひなみと友里、そして古井さん。この三人はビックリするぐらいの美少女だ。

いつも三人仲良く過ごしているが、実は同じクラスになれたのは高校から。つまり今年からになる。

クラスが違えば、当然学校行事を一緒に楽しむことは難しくなる。何しろ体育祭や文化祭みたいな行事は、クラス単位での活動が基本だ。

他クラスと一緒になって楽しむこともできなくはないが、どうしても一緒にいられる時間は少なくなってしまう。

だから仲良しの友達と同じクラスになれたこともあり、ひなみにとって今年の体育祭は少し特別なんだと思う。

「今年は敵味方関係なく沢山思い出を作れる！　沢山写真を撮って、競技に全力で取り組んで、応援も頑張って、優勝できるように頑張って、あっ！　あとそれからね！」

「おいおい、頑張りすぎだろ……良いことだけど」

「そ、そうかな？　でも友里と古井ちゃんと体育祭の思い出を作れるのが本当に嬉しいんだもん！」

この言葉通り、ひなみは他人想いで良い奴だ。

成績優秀で品行方正。

さらにはネット民から『千年に一人の美少女』だなんてあだ名を付けられている。

それでも変に気取らず、どんな人にも優しい。

モテない男子の偏見かもしれないが、容姿が優れている女子ほど、実は裏の顔があったりする。でもひなみは違う。

裏表がない。他人想いな性格の持ち主だ。むしろ優しすぎて自分の首を苦しめてしまうことさえある。

本当に良い人だよな、ひなみって。

「なら、悔いが残らないようにしとけよ？」

「うん！　あ、でも。涼君も一緒に楽しもうね！　涼君とも一緒に思い出沢山作りたいし！」

「……え、俺も？」

ひなみの言葉に俺の脳内処理が追い付かず、数秒間意味が理解できなかった。

き、聞き間違いか？　絶対そうだよな？

「こんな俺も一緒にだなんて、そんな訳ないよな？」

首を捻りながら聞き直す俺に対し、ひなみは眩しくそれでいて美しい笑顔を俺に向ける。

「こんな俺、なんて言わないの！　涼君も私達と一緒に体育祭楽しもう！」

「いやでも良いのか⁉　俺なんかが三人の仲に入って」

「全然大丈夫だよ！　むしろ涼君がいてくれた方が私とっても嬉しい！　体育祭楽しもうね！」

俺のネガティブな質問にも、ひなみはそんなことを一切気にした様子も見せず、先ほどの笑みを崩さなかった。

う、うわぁー。やっぱり天使だよ……。

こんな俺を誘ってくれるなんて、本当にひなみは良い奴だ。

入学してそれなりに経つが、俺は未だに男子の友達がいない。

朝はひなみと登校し、教室では女子三人と過ごしている。さらにクラスの数少ない男子は部活などの関係で、帰宅部の俺と下校時刻がズレる。

つまり、普通に学校生活を送っていると、共学なのに何故か男子の友達ができないのだ。

これを不幸と呼ぶべきか、それとも女子と仲良くなれているから幸運と呼ぶべきか。

俺の心はこの答えを導き出せていない。

しかし、ひなみが傍にいてくれるおかげで、何だかんだボッチにはなっていない。

そこは純粋に感謝すべきだ。

「ありがとな、ひなみ。そう言ってもらえると嬉しいよ」

「ううん。むしろ付き合ってくれてありがとね。沢山思い出作ろう！」

「そうだな。悔いが残らない様にしないとな」

「うん。涼君との関係を深められるように、精一杯頑張らないと」

「……え？　俺との関係？　どういうこと？」

俺が思わず聞き返すと、その途端。

ひなみの頭から白煙が立ち上ると同時に、激しい熱が放出された。

時間が経つにつれ熱は高くなり、水が蒸発するほどにまでなった。まるで熱風が吹きつけるサウナの中にいるみたいだ。

「い、い、い、い、今のは言い間違い！　と、友達としての関係をふ、深めたいなーって。そ、そ、それだけだから！　ほ、本当にそれだけだから！」

ひなみは必死で両手をあたふたと動かし、さらにぐらんぐらんと目を不規則に動かす。

しかし、彼女が放つ熱風のせいで、正直会話の内容が入ってこねぇ。熱さが気になって集中できない。

これ以上言及したら、多分ここら一体が焼け野原になるのは確実だ。そして確実に焼き殺される。

ちょっと話題を逸らそう。でなきゃ命の危機が……。

「わ、分かった！　分かったから！　あ、そうだ！　体育祭の後って何かイベントとかあるのか？」

「え？　イベント？」

真っ赤に染まっていた顔が、急にスンッと元に戻り、あの熱波が一瞬にして消えた。

よ、よかった。話題を逸らしたおかげで、何とか収まった。

もしあのままだったら、俺は一体どうなっていたんだか。

「ほらよくあるじゃん、後夜祭とか。ダンスをしたりとか」

「後夜祭か……。高校の体育祭のことはあんまり知らないけど、多分そういうイベントはないと思う」

「そうなのか。あると思ったんだけどな」

アニメとか見ていると、後夜祭の様なイベントが行われているから、あるのかなって思ったんだけどな。

元々お嬢様学校だから、体育祭が終わったら素直に帰らせるのが普通か。

高校生らしいイベントを期待していたんだが、ちょっと残念だ。まあでも、ないなら仕方ないか。

「後夜祭みたいなイベントがないのは寂しいけど、普通に体育祭を皆と楽しむか」

「うん！　そうだね！　中学の時よりも人が多いから絶対楽しいよ！」

俺とひなみはお互い口角を上げながら、見つめ合う。

ちょっと体育祭が楽しみになりそうだな。

そう思っている時だ。

「涼〜。おっはよう〜！」

突然背後から俺を呼ぶ声が聞こえたかと思えば、グイッと力強く後ろから抱きしめられた。

こ、この声って……。

「もしかして友里か⁉」

「ピンポ〜ン！　驚いた⁉」

後ろに目を向けると、悪戯に成功しニヤついている友里の顔が見えた。

ギュッと後ろから抱きしめられているので、彼女の胸が俺の背中に強く当たる。それと共に彼女の胸の柔らかい感触が俺の理性を刺激する。

「お、おい！　マジでビックリするだろ！　心臓に悪すぎるわ！」

「いや〜、ごめんね〜。二人が歩いている姿が見えたもんだからさ〜。ちょっかいだしたくなって」

友里は俺から離れると、ニヤニヤしながら、舌をペロッと出した。

反省する気なしかい……。まあ別にいいけど。

「おっはよう、ひなみ！」

「おはよう友里」

お互いに挨拶をした後、友里はそのまま俺の隣を歩き始める。

「いや〜、今日の最初の授業は体育だから、気が楽だね〜。バレーボールが楽しみでしょうがないよ〜」

「確かに、最初の授業が体育なのは正直助かる。今日寝不足だからなー。国語だったら絶対意識を失っていたな」

「あっはは！　もしかして音ゲーに熱中しすぎたんでしょ？　最近ランク戦が始まったし、つい熱くなっちゃうよね〜」

「音ゲー好きとして、このランク戦は無視できないからな。命を削ってでも好成績を残す！」

「おお、燃えているね〜。私も頑張ろうかな！」

友里が意気込んだ後、ひなみが口を開く。

「ねぇ友里。いつも古井ちゃんと一緒に登校しているのに、今日はどうして一人なの？」

ひなみの言う通り、友里と古井さんが一緒に教室に入ってくるところをよく見る。確か、同じ電車に乗っているんだっけ？

そのことを考えると、古井さんがいないのはちょっと不思議だ。

「ああ～、今日古井っちは日直だからねぇ～。いつもより早く登校したのよ～。だから今日だけ私はボッチというわけなんだ～」

あ、そういうことか。日直の仕事の関係で、今日だけ別々に登校することになったのか。

「逆にさ、ひなみと涼はいつも二人で登校しているの？」

「「……え？」」

友里の質問に、俺とひなみの言葉が重なる。

こ、答えにくいな、これ。

正直に『はい、そうなんです』なんて言ったら、まるでカップルじゃねぇか。

何て答えたらいいんだ？

そんなことを考えていると……。

「え、ええええと！　そ、そ、そ、そ、それは！　あの！　えっと！」

ひなみを中心に、あの熱波が再び発生した。

あっつ！　熱いなおい！　今度はまるで森でも焼き尽くすほどの熱さだな！

上手（うま）く答えられなくて、オーバーヒートしているな、こりゃ。

まるでロボットじゃねぇか。高性能人型アンドロイドなんですかね！

ここは俺が上手く誤魔化（ごまか）しつつ、遠回しに何か言わないと俺だけじゃなく友里までも灰になっちまう。

「た、偶々駅に着く時間が同じでさ。それで一緒に行ってるんだ。ただそれだけ」

よし、上手く答えられたな。ただ時間が同じだから一緒に行っているだけ。

こういう印象を与えれば、変な勘違いはされないだろう。

そう思っていたのだが、実際は違った。

「ふぅ〜ん。そっか。そうなんだね〜」

何故かニヤついている友里の顔が、俺の瞳に映った。

え、何その笑み？　どういうこと？

「じゃあ、明日から私も一緒に登校してもいいかな？　勿論、古井っちもね。私、涼ともっと話したいからさ〜。音ゲーのこととか色々ね！」

友里の言葉に、俺は思わず言葉を詰まらせる。林間学校を機に、俺と友里の距離はだいぶ縮まった気がする。

プライベートな話をする機会が増え、時には電話で夜遅くまで会話をする日も。さらに、さっきみたいなボディータッチも増えた。

友里にとって俺は趣味友だから、これぐらい普通なのかもしれない。

けど、何だろう。ちょっとだけ……。

別の感情があるのではないか、と最近思うようになった。

もしかして……。

「……ょう。涼ってば。聞いてる？」

「え？　ああ、ごめん。ちょっと別のこと考えていた」

考えごとに夢中になっていた俺を、友里はグッと距離を詰めて不思議そうに見つめてくる。

友里の綺麗な肌が目に映ると共に、香水の良い香りがふわりと鼻をくすぐる。

いや顔近いって。距離が近い！

しばらく見つめた後、友里は俺が考えていたことに気が付いたのか、まるで推理ドラマで犯人のトリックに気が付いたかの様に、自分の考えを語り始める。

「あ～！　もしかして変なことでも考えてたでしょ？」

「んなわけあるか！」

全然違うわ！　朝っぱらからそんなこと考えるはずがないでしょ⁉

「誤魔化さなくていいのに～。男の子だからしょうがないよね～。あ、話の本筋を戻さないと！　私達も一緒に行っていい？」

「俺は全然いいよ。皆が一緒の方が楽しいし。ひなみもそう思うだろ？」

「う、うん！　一緒に行こう友里！」

ひなみはすぐに首を縦に振り、にこやかな笑顔を見せる。

「ありがとう～ひなみ！　じゃあ明日から皆で行こうっか！」

そのまま友里は俺の腕をグイッと強く摑み、そして。

「明日からまたいっぱい話そうね、涼！」

俺の耳元で友里はそう囁いた。

友里の吐息と体温が伝わり、俺の鼓動が一気に速まる。またそのせいか、体の内側がじんわりと熱くなり始めた。

美少女にこんなことをされて、平然としていられるはずがねぇ。

俺は友里の行動に戸惑いながらも、隣を歩くひなみにチラッと目を向ける。

するとまるで萎れた花の様に、しょんぼりとしていた。暗い雰囲気が少しだけ漂っている。

一体どうしたんだ？　さっきまでのテンションはどこに？

朝の陽ざしが通学路を照らす中、俺を挟んで二人の少女が真逆の反応を見せている。

一方はルンルン気分となっており、もう一方は少し残念そうな表情を浮かべている。

何だこのあべこべは……。

その後もずっと友里は楽しそうに話を続けていたため、ひなみの方にあまり意識を向けていなかった。

俺だけが、ひなみの些細な変化を見逃さなかった。

第二話——バレーボール

ひなみ達と一緒に登校してから少し経ち、体育の時間となった。

今日の授業内容はバレーボール。男女混合で試合を行い、チームで勝った回数を競い合う。

そんなわけで、二人一組で準備運動を現在行っているのだが……。

単刀直入に言う。試合をする前に死にそうだ。このままだと天国に行ってしまうかもしれない……。

理由は至ってシンプル。何故なら……。

「ちょ、ちょっと古井さん！　めちゃ痛いんだけど⁉　股関節が死ぬって！」

「は？　何言っているのよ？　股関節のストレッチは死ぬぐらいが一番いいんだから。ほら弱音を吐いてないで、歯を食いしばりなさい。そしてシンプルにくたばりなさい」

「そんなストレッチがどこにある⁉　俺のこと殺す気じゃねぇか⁉」

ご覧の通り、ドS王女古井さんとペアになってしまったからだ。

本当は適当にペアを組もうと思ったのだが、古井さんの方から俺を誘ってきた。まるで逃がさないとばかりに俺の肩をがっしりと掴み、不気味な笑みを浮かべながら『一緒にやるわよね？』と言ってきた。

俺はこの一言で全てを悟ってしまった。あ、これ絶対逃げられないやつだ、と。

逃げることもできず古井さんに捕まり、俺は準備運動で殺されかけている。

ちなみに今行っているのは股関節のストレッチだ。

座って足を大きく開き、胸を前方に倒すやつだ。

俺の体はそこまで柔らかくないので、胸が床にくっつくことはない。なのに古井さんときたら、

「ほーら、もっと足を広げて。そして上半身を床にくっつけなさい。こんな感じで」

俺の後頭部を素足で踏み始めてきた。

グリグリッと、古井さんはかかとを俺の後頭部に強く当てる。

痛い！　普通に痛いって！　というか、人の頭を足で踏まないでくれます⁉

「こ、古井さん⁉　頭じゃなくて背中を押してくれない？　それと足じゃなくて両手でやって⁉　めっちゃ痛いんだけど！」

ロリ&ドSな人からこんな仕打ちをされて喜ぶ人は一部しかいねぇぞ。

俺に変態的な趣味はないからやめてくれません⁉

「これぐらいが一番良い力加減じゃない。こんなことで音を上げているようじゃまだまだね。ほら、ちょっと力加えるわよ」

ここでさらに古井さんは足の力を強めてきた。

い、いてぇ！　頭と股関節が同時に痛いんだけど⁉

このドSがぁぁぁぁ！

「はい、今私に対して反抗心を燃やしたでしょ？　奴隷の分際で生意気ね。お仕置きが必要かしら？」

「えぇ⁉　何で今俺が考えたこと分かったの⁉」

「普通に分かるわよ。これでも奴隷の主なんだから」

「いつから俺達は奴隷契約を結んだんですか⁉」

「君が生まれた口から」

「生まれてきた瞬間からあんたの奴隷⁉」

「ちょっとうるさいわね。それだけ喋る余裕があるなら、もう少し強くしてもいいかしら？」

その言葉を聞き、俺の体から一気に嫌な汗が流れ始める。と同時に体が震え出した。

「え、ええっと。それは勘弁してく――いたたたたたた！　古井さん力強くしすぎだって！」

今までで一番強い力で、古井さんは俺の後頭部を踏み付け始めた。

柔らかくない俺の体が、外部からの圧により無理やり床にくっつきそうになっている。

胸と床の距離が近づくにつれ、股関節が悲鳴を上げる。

激痛に耐えている俺を見て古井さんは……。

「ふっ」

鼻で笑った。

ちくしょうっ！　なんか悔しいんですけど⁉

「覚えておきなさい。私の場合、ストレッチと書いて調教と読むから」

「やべぇだろそれ⁉　普通の人の認識じゃねぇ！　誰か助けてぇぇぇぇぇ！」

他の組が楽しそうにストレッチをしている中。

「いやぁぁぁぁぁ！」

俺だけが古井さんから調教されてしまっていた……。

◇

古井さんとのデスストレッチが終わり、いよいよバレーボール開始となった。

最初の試合は、俺とひなみチーム対古井さんと友里(ゆり)チームだ。

普通なら、男女でチームを分けるんだろう。しかし、時乃沢(ときのさわ)高校は今年共学になったばかりの元お嬢様学校だ。

一クラスあたりの男子の人数はわずか五人しかいない。

もっと多く男子を入学させるつもりだったみたいだが、共学になっても女子の受験者数の方が圧倒的に多かったらしい。

だから男子が不足しているので、女子と一緒にチームを組むことになった。

チームでの俺の役割はリベロだ。相手のボールを処理し、アタッカーであるひなみが、スパイクを打つ。

一方相手チームは、古井さんが俺と同じくリベロで、友里がアタッカーだ。

古井さんはボールの処理が上手(うま)く、友里もかなり強いスパイクを打つ。

あの二人の連携で結構失点してしまった。

対してひなみも友里に負けないぐらい強烈なスパイクを打って、点数を稼いでいる。

ひなみと友里、古井さんを中心に試合の流れが生まれている。

あの美少女三人組は、勉強だけでなくスポーツまでできるとは。

どれだけハイスペックなんだよ。

「じゃあいくわよ」

コートの反対側から、古井さんがサーブをあげる。

ボールが俺達のコートに入った瞬間。

「涼君！　来たよ！」

「任せろ！」

俺はグイッと腰の位置を落とし、丁寧にボールを拾う。

パンッ！

ボールが俺の腕に当たり、良い音が響き渡る。

俺が処理したボールは綺麗にセッターのいる場所に落下していく。

そのままセッターは右側にトスを上げ、それをひなみが、

「はいっ！」

右手で強くボール打ち、スパイクを決める。

綺麗に飛びながらボールの中心に手をしっかり当てたため、威力、速さ共に経験者のレベルにまで達していた。

ひなみのスパイクに誰も上手く反応ができず、一点入った。

点が決まり思わずニッコリするひなみ。彼女はそのまま笑みを崩さず俺のもとへと駆け寄る。

「やったね！　決まったよ涼君！」

「ナイススパイク！　ありゃ誰にも止められないな」

「そんなことないよ。涼君がしっかりボールを処理してくれたから、流れが生まれたんだよ」

「点を決めたのはひなみなんだし、もっと自信持ってもいいんじゃないか？」

「そ、そうかな。涼君のおかげだよ」

遠慮しながら言っていたが、その頰はほんのり赤くなっていた。

そんなひなみを前に、ネット越しからでも伝わるほど友里が熱く燃え始める。

「いや〜。やるね〜ひなみ。でも次はそう簡単には決めさせないからね！」

音ゲーの時もそうだったけど、友里は本当に負けず嫌いなんだよな。自分が勝つまで勝負を続けるし。まあ、それは良い一面でもあるけど。

「よ〜し！　気持ちを切り替えて、頑張ろうね、皆！」

友里はチームメンバーを鼓舞し、次に切り替えた。

俺達も油断はできない。友里のスパイクは結構強いから、気を抜いていたらすぐに逆転されてしまう。

「よし、じゃあ俺達も油断せずに頑張るか」

俺の掛け声の後、こちらからのサーブで試合が再開した。

俺のチームが上げたサーブに対して、古井さんが的確にボールを拾う。腰と膝をグッと落とし、綺麗な体勢でレシーブする。

ボールは半円を描くようにしてセッターの所へ流れる。そのボールをセッターが拾い、天井に向かって高くトスを上げた。

「ナイストス！」

友里がボールの落下スピードに合わせながら助走をつけて走り始める。

そしてキュイッと床を鳴らしながら、勢いよくジャンプ。

「いっくよ〜涼！」

「おっしゃ来い！　絶対に落とさないからな！」

スパイクを打つ直前、メラメラと燃える友里と目が合う。見ただけで分かる。一切手を抜かず、本気で点を取りに来ているのが、はっきり伝わる。

よし来い！　友里！

バチバチに熱く燃えていたのだが……。

俺はここで衝撃の光景を目の当たりにする。

天井に向かって勢い良く飛んだ友里だったが。

ふわり、と友里の体操着がめくれて、彼女のお腹(なか)が見えてしまった。

綺麗に引き締まったお腹とおへそが、俺の目に、思春期真っただ中の男子高校生の目に映ってしまった。

見てはいけないものを偶然見てしまったことによる興奮で、俺の頭はつい意識をそちらに向ける。
これから友里の強力なスパイクが来ることが、すっかり頭から抜け落ちてしまった。
や、やばい。何だこの興奮は！
一瞬のサービスシーンに思わず心が奪われた俺だが、
「りょ、涼君！　ボールが来てるよ！」
この声で、俺はようやく我に返ることができた。
しかし、時既に遅し。
ひなみの声が俺の耳に届いたと同時に……友里のスパイクが俺の顔に直撃した。
パアァンッ！
乾いた音が体育館全体に響き渡る。
あまりの威力に俺の体は耐え切れず、バランスを崩し転倒してしまった。
「いって！」
倒れると同時に後頭部を床に強くぶつける。
……。
な、なさけねぇ……。
へそチラに目を奪われてしまった結果がこれかよ。
いやでも、普通の男子高校生ならつい夢中になるよね？

これしょうがないよね？　だって相手はあの友里だよ？

あんな美少女のへそチラを無視して試合に集中できる方がおかしいわ。

「りょ、涼君大丈夫⁉」

つい言い訳を考えていたら、ひなみが心配しながら俺のもとへ駆け寄ってきた。

「涼！　大丈夫⁉　ごめんね、ちょっと狙った場所が悪かったみたい。本当ごめんね！」

ひなみの後に続いて、ネットをくぐり友里も駆け寄る。

スパイクを打った張本人である友里は、罪悪感のせいか顔を真っ青にしていた。

やべ、俺のミスなのに変に迷惑をかけてしまっている。

「だ、大丈夫。ちょっと気が逸れてしまっただけだ。友里のせいじゃないから安心して。本当大丈夫だから」

俺はよろめきながらも、立ち上がる。

後頭部と鼻の辺りから、ズキンッと強い力で圧迫されているような感覚がした。

マジで痛いな、こりゃ。

「ほら、俺のことはいいから、試合を続けよ」

と、言った時だ。

ポタ……ポタ。

俺の足元から、水滴が垂れる音が聞こえた。同時に鼻から何か液体が流れている感覚もする。

え、これって……。

「りょ、涼君！　は、鼻血出ちゃってるよ！」

「うわ〜！　こりゃやばい。保健室に行かないと！」

ひなみと友里の言葉を聞き、俺は鼻を触ってみる。すると俺の手に血がべっとりと付いていた。

うわ、久々に鼻血が出たな。ちょっと右手で押さえておこう。

こ、これはあれだよな。ボールが顔面に当たって出たんだよな。

決していやらしいことを考えて出たわけじゃないよな！

「本当にごめんね。私のせいで……」

怪我(けが)をした俺を見て、友里が一気に元気をなくす。

「大丈夫だって。友里のせいじゃないから。保健室には一人で行くから、皆は試合を続けててくれ」

そう言い、一人で保健室に向かおうとした時だ。

「私も行くよ！」

友里が後ろにくっつきながら、俺の目を見つめてきた。

「いや、本当大丈夫だって。俺のミスでこうなったわけだし」

「でも、当てた人が看病しないのはダメだよ。それに頭も打っているし、誰かいた方がいいでしょ？」

「い、いやでも本当に」

「ダ〜メ！　私も行くから。ね？」

「……わ、分かった。じゃあお願いします」

結局変に責任を感じてしまっている友里の熱量に負けて、俺達は保健室に向かうこととなった。

本当、ヘチラに気を取られてこんなことになるとは思わなかったよ。

体育館を出て数分が経ち、俺と友里は保健室の前まで来た。

友里は引き戸を開ける。

「失礼します。一年A組の佐々波友里です。クラスメイトが……ってあれ？　誰もいない？」

保健室の中を覗く友里の後に続き、俺もひょっこりと顔を出して中を見てみる。

すると、部屋には誰もおらず、シーンとしていた。

何度か先生を呼んでみたが反応なし。もしかしたら、何か用があって今外にいるのかもしれない。

「あちゃ～。運が悪いね～。せっかく来たのに、先生がいないとはね～。まあ、先生が来るまでに簡単な処置だけでもやっておこっか」

「そうだな。ただ待っているのも時間の無駄だし」

俺と友里は誰もいない保健室の中へと足を踏み入れ、簡単な処置を始めた。

まず初めに保健室にある洗面所で、鼻の周りについた血を洗い流し綺麗にした。

洗面所の鏡を見てみると、少しだけまだ赤いが、血は止まっている。

よかった。鼻にティッシュを詰めなくて済む。小学生ならまだいいけど、高校生にもなって鼻にティッシュを詰めるのは勘弁してほしい。

「おっ、血は止まったみたいだね～。よかった～」

友里は真横から俺の顔を見て、ホッと一安心したようだ。

「変に責任感じなくても大丈夫だぞ？　元はといえば俺のよそ見が原因なんだし」

「いや～、それでも申し訳ない気持ちはあるよ～。でも本当よかった！」

友里はそう言うと、太陽の様に明るく眩しい笑みを見せてきた。

うぅ……。普通に可愛いな、おい。

友里が不意に見せた笑みに対し、俺はそれを直視できず視線を少しだけ逸らしてしまった。

「じゃあ次は保冷材で後頭部を冷やそうか！　頭の怪我は本当怖いから、冷やしておかないとね」

「そ、そうだな」

その後俺達は後頭部を冷やすために、保冷剤を探したのだが……。

全く見つからない。どんなに探しても見当たらなかった。

かれこれ五分近く探しているのだが、一向に手がかりすら摑めない。

どこにあるんだよ……。

探すことを諦めた俺と友里は、とりあえず保健室のベッドの上に座り、ボーッと先生が来るのを待つことにした。

だが肝心の先生も中々来ない。十分も待っているのに来る気配もない。

「保冷剤は見つからないし、先生も中々来ない。暇ですね〜涼さん」

「ですな、友里さん」

「本当暇ですね。十分ぐらい先生待っているけど来ないね。本当暇ですね〜」

「ですね。っておい！　このやり取り前どっかでやらなかったか⁉」

暇すぎるが故にやることがなく、アホみたいな会話を繰り広げる。こんな展開前にもあったよな？　確か図書委員の仕事をしている時だっけ？

「だって〜。暇なんだも〜ん」

「こればかりは我慢しなくちゃな。あ、でも後は俺一人で待つから、友里はもう体育館に戻っても大丈夫だぞ？　俺なんかよりも授業を優先してくれ」

「むぅー！　涼のことより授業を優先するわけないじゃん！」

友里はプクッと頬を膨らませ、ジーッと顔を近づけ俺の目を見つめてきた。

いやいや、だから近いって！　この二人っきりの状況でこの距離はまずいって！

「ま、まあでも先生もそのうち来るだろうし、俺の心配はしなくて大丈夫だよ」

「ダ〜メ！　先生が来る前に涼の具合が悪くなったらどうするのさ？　ちゃんと私が面倒を見るから大丈夫だよ」

「い、いやでも……」

「いいじゃ〜ん。あっ！　じゃあ先生が来るまで恋バナとかでもして時間潰そうよ！　涼の恋愛事情とか色々聞きたいし。この二人っきりの時だからこそ、話せると思うんだよね〜」

「いきなり恋愛話かよ……。俺リア充じゃないから、話せることなんてないぞ？」

「平気平気！　涼のタイプとか聞きたいし、中学時代の好きだった人の話とか教えてよ！」

本来なら俺は自身の恋バナなんてするつもりはないのだが、友里の熱量に負けてしまい、結局先生が来るまで恋バナで時間を潰すことにした。

正直、俺は乗り気じゃないが、友里がノリノリだし付き合うとするか。

「じゃあ初めに、涼の好きなタイプとか教えてよ！　私結構気になるんだ〜」

「俺の好きなタイプかー。あんまり深く考えたことはないけど、まあ無難に笑顔が素敵な子かな。あとは髪が長い子も好きかな」

「そ、そっか。……じゃあ明日からもっと笑顔を見せないとね。髪は長いから大丈夫かな。よしっ！」

俺がそう言うと、友里は隣で小さくガッツポーズをする。

あ、あれ？　何で友里が若干喜んでいるの？

「じゃあ次は中学時代の涼の恋バナを聞かせて！　涼の恋愛について色々聞きたいな〜」

「い、いいけど特に何もないぞ？　目つきが悪いせいで女子から結構避けられてたし。誰とも付き合ってないぞ？」

「え〜それ本当？　嘘ついてない？」

「嘘言ってどうする……」

「ふぅーん。そっか。でもちょっと意外だな〜。中学の時の涼は結構モテてたのかな〜って、勝手に想像してた」

「どんな想像だ。色恋沙汰とかとは無縁だったよ。リア充から遠くかけ離れた所でひっそり過ごしていたし」

「な〜んか意外だね〜。じゃあさ！　次の質問いいかな!?」

「まだあるのかよ……」

「うん！　林間学校の時のことなんだけどさ」

「おう。林間学校がどうした？」

「……肝試し大会の時、私涼の頬にキスしたじゃん……。女子にキスされるのって、あれが初めてだったり？」

「え？」

友里の衝撃的な質問に、俺は言葉が出なかった。

しばらくの間、俺と友里に間に会話はなく、代わりに時計の針が動く音だけが聞こえる。

え、いや。ちょっとどういうことだ？　何で友里が急にこんなことを⁉

しかも照れているのか分からないが、顔がさっきと比べて赤くなっている気が……。

何度も俺の方をチラッと見て、反応を窺っているし。

こ、これは一体どういう意図で聞いてきたんだぁぁぁぁ⁉

全く読めない！　友里は今何を考えているんだ⁉

「そ、その……。答えてよ、涼」

少しの沈黙の後、友里がやっと喋ったかと思えば、突然距離を詰めてきて、肩が触れ合うほどにまで体を寄せてきた。

友里はゆっくりと、そして静かに体重を肩に乗せ、そのまま俺に軽く寄りかかる。

香水の甘い香りが、俺の理性を刺激する。

「ま、まああれが初めてだよ。友里が初めてかな」

「そ、そっか。えへへ。ちょっと嬉しいな。そ、そのどう感じたかな？　う、嬉しかった？」

「う、嬉しかったよ。ちょっとビックリしたけど」

今思い返しても、少し恥ずかしさは残っている。そりゃ初めて女子からキスされて、何も感じない方が無理な話だ。

でも、嬉しかったのは事実だ。

友里みたいな子からされれば、どの男子も喜ぶはずだ。

「ありがとう、涼。涼になら私の大切なファーストキスを上げてもいいかなって思ったからさ」

「え？　あれがファーストキスだったのか？」

「う、うん。涼は他の男子と違って、凄く特別なんだ。だからさ……」

友里はここで一旦言葉を区切った後。

耳の先まで真っ赤に染めながら、力強い眼差しを俺に向け、こう言った。

「りょ、涼が続きをしたいなら、私はいいよ……」

この瞬間、全身に雷でも落ちたかの様な、そんな凄まじい衝撃が体中に駆け巡った。

あまりに衝撃的すぎたもんだから、頭の中が数秒間真っ白になってしまった。

う、嘘だろおい……。俺の聞き間違いじゃなきゃ、この二人しかいない空間で、続きをするだと⁉

いやいや！　何だこの展開！　ってか何で俺だけ特別扱い⁉　昔遊んでいた仲だからか⁉

それか、もしかして……。

「ゆ、友里……。あのさ、一ついい？」

「え？　う、うん」

「ゆ、友里ってさ。もしかして俺のこと、す――」

俺が言いかけた、その時だ。

「涼君、友里？　まだ保健室にいるの？」

俺達を呼ぶ声と共に、保健室の引き戸が開いた。

あ、あれ？　この声ってまさか！

俺が引き戸の方に顔を向けると、そーっと保健室の中を覗くひなみが見えた。

友里と密着状態の俺とひなみの目が合う。数秒間見つめ合った後、ひなみは俺のすぐ隣にいる友里に目を向けた。

誰もいない保健室のベッド上で、思春期の男女がくっついた状態で座っている。

そんな光景を目の当たりにしたひなみは……。

ポカーンと口を小さく開けて、茫然（ぼうぜん）としていた。まるで体の中から魂が抜けたかの様に、一気に生気がなくなった。

や、やばいこれ……。

絶対勘違いされてるパターンじゃん！

「お、落ち着けひなみ！　俺達別に何もしてないから！　普通に保健室の先生を待っていただけだから！　何もしてないから！」

慌てて誤解を解こうとしたのだが。

ひなみの体が突然、砂時計の様にサラサラと崩れ始めた。風でも吹いたら、一瞬で飛ばされてしまいそうだ。

やべぇ！　このままだとひなみが色んな意味で危ない！　このまま何もしなかったら、魂がどこかに行ってしまうぞ！

危機感を抱く俺だが、同じことを思ったのか慌てて友里も弁明し始めた。

「いやいやひなみ！　勘違いだって！　保冷剤が見つからなくて保健室の先生が来るのを待っていただけだから！　先生が来るまでの間、雑談してただけだよ！」

「ほ、本当に……？」

ひなみの言葉に、俺と友里は息を揃（そろ）えてコクリと頷（うなず）いた。

すると、砂になりかけたひなみの体が元に戻り、顔色が一気に明るくなった。

　あともう少しで体が砂になりかけていたとは思えないほど、以前の輝きを取り戻していた。

「もう驚かせないでよ！　保健室を覗(のぞ)いた時に友里と涼君がピッタリベッドの上でくっついていたから、言葉が出なかったよ！」

「わ、悪い本当。ちょっと雑談していただけなんだ」

　本当よかった。これで変な誤解をされないで済んだな。

　あれ？　でも何でここにひなみがいるんだ？　まだ体育の時間終わってないよな……。

　そのことを本人に聞いてみたら、ひなみはこう答えた。

「二人の帰りが遅いからちょっと様子を見に来たの！　今私達のチームは休憩中だから、こっそり抜けてきちゃった！」

　ああ、なるほど。心配になってわざわざ保健室まで来たのか。

　確かに保健室に来てから結構時間が経(た)ったな。

「ほら友里。ひなみも心配してわざわざここまで来たんだ。そろそろ戻った方がいいんじゃないか？　俺のことは気にするなって」

　俺は隣に座っている友里に視線をスッと向ける。

　すると、しょうがないか、とでも言っているかの様な表情を浮かべ、静かに立ち上がった。

「まあひなみに心配をかけちゃったし、そろそろ戻ろうかな〜。涼は本当に付き添わなくて大丈夫？」

「大丈夫だよ。そこまで強く打ってないし」

「そっか。分かった。じゃあ私とひなみは戻るね！」

「おう。ひなみも心配かけて悪いな」

「ううん、気にしないで涼君。ちゃんと頭を診てもらうんだよ？」

「了解」

俺の言葉を最後に、ひなみと友里は保健室を後にした。

二人の足音が遠くなっていったのを確認した後、シーンとした保健室で俺はベッドに横たわった。

まだ若干後頭部が痛いけど、まあ冷やせば大丈夫でしょ。

第三話 運命的な出会い

涼君と別れてから、私と友里は体育館へと向かった。

歩きながら、私はさっきの光景を、友里と涼君がベッタリとくっついていたことを思い返した。

林間学校を機に、友里が涼君のことを好きになったのは知っている。

今日の登校の時もそう。友里は真っ直ぐ涼君との距離を詰めている。

それに対して私は恥ずかしがってばかり。

何も進んでいない気がする。

毎朝一緒に登校していたけど、明日から友里と古井ちゃんも来るから、二人っきりになれる時間はほとんどない。

私って、何で動けないんだろう。

「ん？　どったの？　ひなみ」

そう深く考えていると、友里が心配そうに私の顔を横から覗き込んできた。

「え、あ、ううん。何でもないよ。ちょっと考えごとをしていただけ」

「ふぅ～ん。ひなみが考えごとってなんか珍しいね～。あ、もしかして、恋の悩みとか⁉」

「えっ⁉　ぜ、全然違うよ！　べ、別に恋愛で悩んでいるわけじゃ……」

「あっ！　今顔を逸らしたな～。こりゃ図星だったのかな～？」

スッと顔を逸らすが、それでも友里は逃がすまいと、さらに踏み込んでくる。

声を聞くだけでも友里が小悪魔のようにニヤニヤしているのが、何となく分かる。

「いいじゃ～ん、ひなみ。教えてよ～」

友里はそう言うと、私の肩を両手で掴み、グラングランと揺らす。

「ひ～なみ！　私達親友なんだから、言いたいことがあるなら遠慮せずにちゃんと言ってよ～！　もし悩んでいることがあるなら、私相談に乗るし、できることなら精一杯協力するからさ！」

この言葉を聞いて黙っている方が逆に友里に失礼かもしれない。

そうだ。私達は中学の時からの親友だもんね。

ちゃんと思っていることはぶつけないと！

「そ、その……。一つだけ友里に聞きたいことがあるの。いいかな？」

「おお！　私に聞きたいことがあったのか！　でも大丈夫。何でも聞いて！」

「ありがとう、友里」

ひと呼吸置いた後、疑問に思っていることを、友里にぶつけた。

「最近さ……、友里と涼君って凄く仲がいいなーって思ってね。林間学校で何かあったんだと思うんだけど。改めて教えてほしい……かな」

「やっぱり外から見ると、バレバレだったか〜。えへへ〜。でも何かちょっと恥ずかしいな〜」

友里の顔が一瞬でにやけた。後頭部をかきながら、照れくさそうな表情を見せる。

顔もほんのりと赤く、恥ずかしいけど、嬉しい。そんな友里の気持ちが何となく読み取れる。

「そうだよね〜。ちょっと気になるよね。まあひなみは親友だし、教えるね。他の人には言っちゃダメだよ？」

友里はその後も続けた。

「実はさ……。私と涼は小さい時に一緒に遊んでいた時期があったんだ。その時に私が交通事故に巻き込まれそうになったことがあって、涼が助けてくれたんだ」

「え⁉　そんなことがあったの？」

「うん。だけどそのせいで、逆に涼がはねられちゃったの。それ以降、私と涼は会えなかった。ずっと謝りたかったし、会いたかった。でも会えなかった」

「そ、そんな悲しい過去があったなんて……」

「でも、悲しいことだけじゃないよ。もう二度と会えないのかな〜って思っていたら、林間学校で涼があの時助けてくれた子だって、分かったの。本当、運命ってあるんだね」

友里と涼君。この二人の過去を知った私は……。

これ以上言葉が出なかった。本当に何も出なかった。

私も涼君のことが好き。

でもそれは涼君が人として優しくてカッコよくて、そして何故かあの時助けてくれた男子学生の姿と重ねてしまうから。

でも友里は違う。

悲惨な過去を乗り越えて、今こうして再び出会うことができた。

もう一度会うことができた。

私なんかより、友里の方がよっぽど運命的な出会い方をしている。

ずっと会いたかった人とようやく巡り会えて、一緒の高校に通いながら、思い出を沢山作っている。

そんな二人の間を私は。

邪魔してもいいのかな……。

林間学校で涼君からエールを貰った。恋をしようと一歩踏み出す勇気を貰った。

で、でも。

運命的な再会を果たした友里と涼君の仲を、私の一方的な想いで邪魔してもいいのかな。

「そ、そうだったんだね……。凄い運命的な再会だね」

「ありがとう、ひなみ。本当神様には感謝だよ〜」

この言葉の後、私達はしばらく黙ったまま歩き続けた。そして、もうそろそろ体育館に着こうとした時。

私は立ち止まって、最後にこう聞いた。

「ゆ、友里は涼君のこと……好き？」

「うん！　大好きだよ！」

この言葉に、友里は満面の笑みを浮かべ、そう言った。

ああ、そうだよね。

こんな運命的な再会をして、好きにならない方がおかしいよね。私なんかよりも、友里の方がよっぽどお似合いだよ。

涼君から恋をする勇気を貰った。

自分なんかが恋をしてもいいんだと認めることができた。

でも。それでも、友里の方が私なんかよりも涼君と結ばれている気がする……。

この日。私の心は大きく揺らぎ、友里の話が頭から離れなかった。

第四話 — 体育祭

体育の時間を終え、本日最後の授業——総合の授業が始まる。

華(はな)先生は黒板の前に立ちながら話を始めた。

「さて諸君。お待ちかねの、あの行事が始まるぞ！　今日はそれについての説明と、役割分担を決めようと思う！」

そしてそのまま黒板に文字を書き始めた。先生が何を書いたのか。それがこれだ。

『体育祭』

そう。あと三週間ほどしたら体育祭が行われる。

中学の時にも体育祭を経験しているが、高校はさらに盛り上がるらしい。何しろ人数が多いし、青春を謳歌(おうか)するには、最高の行事だ。

ここで盛り上がらなきゃ、人生損だ。

「やった！　体育祭だ！」

「楽しみでしょうがない！」

「高校生活初の体育祭だから、緊張しちゃうなー！」

クラスメイト達がテンションを上げ、ざわつき始める。

そんな中、華先生だけ少し浮かない顔をしていた。クラスメイトのほぼ全員が気分を上げている中、ただ一人何か言いたげな様子を見せていた。

華先生はしばらく生徒の反応を見た後、『ごほんっ』と咳払い(せきばら)をして、注目を集めた。

「今年の体育祭から少し内容が変わるんだ。うちの高校は今年から共学になったわけだが、男子の数がどうしても少なくてな。このままじゃ男女別の競技を行えそうにない。そこでだ。姉妹校の『星林高校(せいりん)』って男子校あるだろ？　あの学校と合同で開催することに決定」

「「「えええええええ!?」」」

華先生の説明に、全員が驚愕(きょうがく)した。勿論(もちろん)、俺もその内の一人に含まれている。

星林高校は時乃沢(ときのさわ)高校の近くにある男子校だ。偏差値は結構高く、それなりの進学校でもある。

そんな星林高校とまさか合同での体育祭を開催するとは……。

まあ確かに男子の数が女子と比べるとあまりにも少ない。この状況じゃそれも無理がない。

「驚くのも分かる。だが他校の生徒と一緒に体育祭を行える機会なんて、滅多にないんだぞ？　これも貴重な経験と捉えて、一生懸命頑張るんだ！」

華先生はその後も続ける。

「でだ。場所はうちよりグラウンドが広い星林高校で行うとして、体育祭実行委員や当日の係なんかを決めないといけない。クラス全員に役割が割り当てられるわけではないが、それでもやりたい人は立候補してくれ！　じゃあまずは実行委員をやりたい人はいるか？」

華先生がそう言うと、スッと手を上げ立候補する人が二名いた。

しかも俺のすぐ近く。

一人目は隣に座るキラキラＪＫ感溢れる女子、友里だ。

「先生！　私、体育祭実行委員をやりたいですっ！」

続く二人目はというと。

「友里と同じで、私も実行委員をやりたいと思っています」

俺の真後ろに座る、見た目ロリだが中身はドＳの古井さんだ。

意外だ。友里は何となく分かるけど、古井さんみたいなクール系キャラが、体育祭のような行事に積極的とは驚きだ。

「男子校と合同、ね。面白いおもちゃが見つかりそうだわ」

……おい。何か今怖い台詞が後ろから聞こえてきたぞ。

気のせいですよね……。古井さんの声にそっくりだったけど、まさかね？

「とっても楽しみね。ふふ」

この言葉を聞いた瞬間、俺の体温はグッと下がり、背筋が凍った。

こ、この人、新しいおもちゃを見つけるためだけに立候補しやがった！

体育祭を通して新しいおもちゃを探す気だ！　この人にロックオンされたら、もう逃げるのは無理だろう！

狙われた人は、その後の生活が大変なことになる。俺みたいにな。

古井さんが新しいおもちゃを見つけられず、誰も被害に遭わないことを祈ろう。

そして古井さんのこの独り言も、聞かなかったことにしておこう。

もし指摘すれば、とばっちりをくう。

「おおー！　二人が立候補してくれるか！　こりゃ助かるよ！　他に立候補者はいないみたいだし、この二人で決定としよう！」

華先生は古井さんの意図に当然気が付かず、そのまま友里と古井さんに任命した。

体育祭実行委員は、この二人で決定。

ま、俺は二人と違って立候補なんてせず、外野から楽しむつもりだ。

行事に参加できれば十分。のんびりと適宜体育祭を楽しめればそれでいい。

「ああ、言い忘れていた。実行委員の二人には一年生を代表して、明後日に星林高校との打ち合わせに参加してほしい。生徒会のひなみ、そして二〜三年生と一緒に、今後の方針なんかを決めてもらいたい。一年生で初めてのことも多いと思うが、頑張ってくれよ」

「「分かりました」」

ひなみは中学の時に生徒会長を務めていた経験があり、さらに高校一年生にして生徒会の役員でもある。

しかも仲良し三人組が揃って同じ仕事をできるとは、三人共運がいいな。

だが何故だろう……。

何かこう……、ソワソワするんだよな。ちょっと嫌な感じがする。

「いやー、しかしせっかく共学になったのに、女子だけというのは、ちょっとあれだな……」

そんなことを考えていたら、華先生が少し納得していない様な言葉を出す。

やっぱり嫌な予感がする……。

「なんかさ、男子欲しくね？」

俺はその言葉を聞いた直後、華先生からスッと視線を逸らした。そして、そのまま顔を下に向け、存在感を消す。

た、頼む。華先生。俺の方を見ないでくれ。

他の男子に押し付けてくれ！　そう願う俺だったが……。

神様は俺の願いなんて一切聞いてくれなかった。

「ああ、先生。それなら私の目の前で暇そうにしている彼はどうですか？　こう見えても結構力持ちなので、いてくれると大変助かります」

……え、ちょ、それマジで言ってるの、古井さん？

俺を指名したのは、超がいくつあっても足りないドＳ王女、古井さんだ。

何でこの人は俺をこんなにもいじめるんだよ……。

反射的に顔を後ろに向けると、古井さんは腕を組みながら、俺の反応に満足したのか、『ぷっ』と笑みをこぼしていた。

……。

ハメやがったなこの人！　わざと俺を推薦しやがった！

このドＳがぁぁぁ！

「確かに慶道(けいどう)なら良さそうだな！　三人と一番仲が良い男子はお前だけだ！　だから任せたい！」

真剣な眼差し(まなざし)で俺を見る華先生。もうね、その視線に圧があるんだよ。これ絶対断れないやつだよ……。

前からは華先生、後ろからは古井さんの圧を感じる。絶対に逃げられないじゃん。無理ゲーかよ。

はぁー。しょうがない。

「わ、分かりました。俺が彼女達のサポートを引き受けます」

「おお！　助かる慶道！　さっすがだ！　仲良し四人で明後日の打ち合わせに出てくれ！　頼んだぞ！」

俺が引き受けたことが嬉しかったのか、華先生の目がキラキラと輝き出した。

何でいつもこうなる……。

どうせ相手側の生徒はイケメン爽やか系男子が来るに決まっている。俺なんかがいたら場違いだろ……。

本当、何で俺の青春はこうトラブル続きなんだ。古井さんめ……。いつか絶対にやり返してやる。

しかし。本当の災難はここからだった。

まさか……あんな計画を知ってしまうとは、思いもしなかったよ。

第五話 ―― 偽物

ほぼ強制的に体育祭実行委員を任されてから数日が過ぎ、いよいよ星林（せいりん）高校と打ち合わせの日を迎える。

体育祭実行委員の先輩達と共に、片道二十分ほどかけて、ようやく正門にたどり着いた。

「こ、ここが星林高校か……」

俺は目の前に広がる男子校の校舎を見て、思わず言葉がこぼれた。

星林高校は勉強だけでなく、スポーツにも力を入れている。近年では陸上部や水泳部、サッカー部が全国大会に出場している。

それに加えて、勉強の方にも手を抜かない。難関国公立、私立大学に毎年何名も進学している。

時乃沢（ときのさわ）高校はお嬢様系、という感じの静かでお上品な雰囲気が漂っている。

だが星林高校は違う。長い年月をかけて染みついた男子の覇気が校舎全体からビリッと伝わる。下校時刻となり続々と帰宅している星林高校の生徒達からも、威圧感のようなものが伝わってくる。

「ここが星林高校ね。私達の学校とは違って圧があるわね」

俺の隣にいる古井(こい)さんが、珍しく感心した様子でそう呟(つぶや)いた。

俺だけじゃなく、女性陣にもこの感覚が伝わっていたみたいだ。

「そうだね、古井ちゃん。なんか言葉が出ないね！」

古井さんに続き、ひなみも頷(うなず)く。

歴史ある男子校の雰囲気に圧倒されていると、俺達の周りを歩いていた筋骨隆々の星林高校の生徒達が次々と足を止め、こちらを凝視し始めた。

「お、おい。あの制服って時乃沢高校のだよな！　もしかして体育祭の打ち合わせにきたのか？」

「多分そうだと思うけど、女性陣のレベル高くないか？」

「た、確かに高い！　皆可愛(かわい)くね⁉」

こんな感じの会話が、ちらほら聞こえてくる。

まあそりゃこんなにハイスペックな現役女子高校生がいたら無視できないわな。

そんなことを思っていると、俺の隣に立っていた古井さんが肩に手をポンッと置いた。

俺は古井さんの方に目を向けると、

「ふっ」

鼻で笑いやがった……。先日に続き、また俺を小馬鹿にしていやがる！

この人、他校の生徒に褒められているからって、マウント取ってきたんですけど⁉

その勝ち誇った顔は何⁉　何か腹が立つんですけど⁉

ピキリッと俺の額に血管が浮き始めたと同時に、さらにこんな会話が聞こえてきた。

「いやー、にしてもあの男は何だ？　微妙じゃね？」

「確かになー。何で一緒にいるんだ？」

「多分あまり者だろう。どこにも所属できなかったから、同情されて入れてもらったんだろうな」

「あー、それかもな」

違うわ！

ほぼ無理やりこのグループに入れられただけなんですけど⁉　華(はな)先生の意向でサポート役を任命されただけだわ！　何勝手に勘違いしてんだコラ！

と、周囲の生徒達にメラメラと怒りの炎を燃やしていると、再び古井さんが、俺の肩に手を乗せた。

「ぷっ。ドンマイ。ぷぷっ」

振り返ってみると、片手で口を押さえ、必死に笑いを堪(こら)えていた。

俺だけ評価されてなかったから、思わず笑いが堪えられなくなったんだな、この野郎。

自分は美少女だからって、からかいやがって！

「古井さんこの状況を楽しんでるよね!?　絶対に楽しんでいるよね!?」

「ええ。とびっきり楽しんでいるわ。過去一大笑いしそうだわ」

「隠す気ないの!?　ストレートに言いすぎでしょ！」

本当この人ドSだ。何故（なぜ）こんな人格が形成できたのか、その過程を知りたいね。

古井さんの両親は一体どんな人なんだ……？

つい古井さんのリアクションに気を取られていたので、続々と星林高校の生徒達が俺達の周りに集まってきているのに、少し遅れて気が付いた。

ざっと三十人ぐらいが輪になっており、全員の視線が一点に集中していた。

彼らが見ているのは……。

「おい、見ろあの子！　『千年に一人の美少女』だ！　初めて生で見た！」

「本当だ！　間違いねぇ！　本物だよ！　本物の『千年に一人の美少女』がいる！」

「マジで可愛いんだけど！　やべぇ！　握手してぇ！」

この言葉通り、ひなみであった。

どうやら今目の前にいる女子高校生がただの美少女ではなく、あの『千年に一人の美少女』だと気が付いたみたいで、男子達が興奮状態になっていた。

まるでおやつを貰うのに必死な犬みたいに、鼻息を荒くし熱い視線をひなみに向けていた。

　その視線に驚いてしまったのか、ひなみの肩が少し震え始める。

　どんどん男子が集まってきて、ついに一歩も動けなくなるほど密集した、その時だ。

「何しているんだ！　彼女達が怖がっているだろ！」

　透き通った男子学生の声が、校舎側から突然聞こえてきた。

　この声を聞いた星林高校の生徒達の動きが、一斉にピタッと止まる。そしてそのまま男子学生達は一つの列を作り始めた。

　彼らが作った列の奥に目を向けると、誰かが一人で立っている。

　だ、誰だ？

　列の奥を見ていると、星林高校の生徒達が一斉に腹の底から声を出しこう言った。

「お疲れ様です！　草柳（くさやなぎ）さん！」

　え、何だこの体育会系みたいなノリは？

　しかし、これだけの数の男子学生から慕われているということは、ヤクザみたいに怖い人なのか？

　そう考えていると、列の奥に立っていた人がゆっくりとこちらに向かって歩き出した。

　距離が近づくにつれ、容姿がはっきりと見え始める。

　筋肉質で鬼の様な形相をしているのかと思ったのだが。

実際は違った。真逆だった。

金髪に、爽やかな雰囲気。そして高身長にしてモデルの様な整った顔が見えた。

お、おい。何だこの爽やかなイケメンはぁぁぁぁ!?

何か今一瞬爽やかな風が吹かなかった!? なんてイケメンだよ!

俺が眼鏡をかけていたら、今頃レンズがパキンッと割れていたに違いない。

それほどにまで、草柳という名の学生の容姿は光り輝いていた。

こんな筋骨隆々の男どもを、こんな爽やかな高身長イケメンがまとめているのかよ。

し、信じられん……。

「う、うわぁ〜。すっごいイケメンが来たねぇ〜。てっきりめっちゃムキムキな人かと思ったよ〜」

友里も草柳の姿を見て、ポロッと言葉を溢した。

誰が見ても目の前にいる草柳は、相当なイケメンだ。男の俺ですら憧れてしまう。

こんな人にアタックされたら、ほとんどの女子は一撃で落ちそうだ。

「僕の仲間が随分と迷惑をかけてすまない。でももう大丈夫」

優しい笑みと清らかな声で、草柳さんは俺達を出迎えてくれた。

「え、ええっと。俺達時乃沢高校の生徒でして、体育祭の打ち合わせに来たんですが……」

「そうか、君達が時乃沢高校の。ああ、そういえば自己紹介がまだだったね。僕は生徒会メンバー兼体育祭実行委員一年の草柳まひろだ。今日はわざわざ来てくれてありがとう。歓迎するよ」

い、一年だとぉぉぉぉぉ!?

俺と同い年というのに、何故こんなにも多くの人から慕われているんだ!?

しかも生徒会に所属しているなんて。人望も厚く、それでいて容姿も完璧。

何だこのハイスペックな人間は！　同い年の男子高校生に見えないぞ。

あまりの優秀さに俺はしばらく言葉が出なかった。

そんな俺を無視して、草柳は女子三人の方に目を向けた。

すると、ある女子を見た瞬間、草柳の目が止まった。まるで焦点を定めたかの様に、ピタリと止まった。

彼の瞳に映るその先には……ひなみがいた。

草柳はひなみの方に近づき、そして突然、こんなことを言い出した。

「あれ？　君は……。あの時僕が地下鉄通り魔から守った、九条さんじゃないか！　偶然だね、まさかこんなところで会えるなんて！　凄い運命だね！」

………………。

数秒間沈黙が流れた後。

「「「えええええええええええええええ!!」」」

俺の驚きに満ちた声が、無意識に口から出ていた。

勿論俺だけではなく、この場にいるほぼ全員の口からも同じ言葉が出ていた。

う、嘘だろこいつ……。な、何で……。

何で通り魔から守った英雄だって言い出したんだぁぁぁぁ!?

こいつ何者だ!?

「……え、ええ!? く、草柳さんがあの時私を助けてくれた人だったんですか!?」

「急に驚かせてしまってごめんね、九条さん。世間に名乗り出るほどでもないと思っていたんだけど、君を見た瞬間、黙っていられなくてね」

草柳は照れながらも、可愛らしさを孕んだウィンクをひなみに送る。

こ、こいつ……。マジで何を言ってやがる!? あの時通り魔から守ったのは俺だぞ?

なのに何でそれを自分の手柄みたいに話してやがるんだぁぁぁ!?

草柳に対し、怒りのパラメーターがどんどん上がっていく。

間違いない。こいつはひなみを騙そうとしている!

何の狙いがあるのかは分からないが、ひなみに手を出そうとしているのは確かだ!

この野郎!

俺は拳を強く握りしめ、そしてついかっとなって正体を言おうとした。

その瞬間だ。

「マ、マジかよ！　草柳さんがあの英雄だったなんて、初耳だぞ！」

「でも草柳さんなら、掲示板に書かれていた特徴と一致する！」

「た、確かに！　高身長でイケメン！　まさに草柳さんじゃないか！」

列を作っていた男子学生達がざわつき始めた。

俺は彼らの言葉を聞き、少しだけ冷静さを取り戻し、拳を握る力を緩めた。

そうか。草柳の身体的な特徴は、全てネットの掲示板に書かれていた情報と一致する。

しかし、その情報が嘘だと皆は知らない。真実を知っているのは俺と古井さんのみだ。

だから草柳は偶然にも自身の容姿と特徴が一致している偽情報を利用して、名乗り出たのか！

か、考えてやがるこいつ！

加えてこの人望の厚さ。信じない方が逆におかしい。

もしこの状況で俺が本当のことを言っても、誰も信じないだろう。

イケメンに嫉妬して嘘を言っている惨めな男子学生。

そんな風に見られるに違いない。

クソッ！　何もできないじゃねぇか！

「あ、あなたがあの時私を助けてくれた英雄……。命の恩人……」

「僕にとって、人助けなんて当たり前だよ。でもこうしてまた会えたのも、何かの運命かもね」

偽物とはいえ英雄が目の前に現れたことで、感極まったひなみの目はウルウルしていた。

今にも小粒の涙がポロッと出そうになっていた。

やばい。何だこの状況は。

ひなみの心情を考えると、そうなるのは当たり前だ。でもこいつは偽物だぞ。

ど、どうすればいいんだ!?

俺がこいつは偽物だと言っても、周りは誰も信じない。このタイミングで俺が急に真実を話したら、逆に不自然でしかない。

か、完全に手の打ちようがねぇ！

「あの時のトラウマは大丈夫？　日常生活に支障とかはない？」

「は、はいっ！　大丈夫です！」

「よかった。トラウマになっていたらどうしようかと思っていたんだ。でも、その言葉を聞く限り、大丈夫そうだね」

「本当に、あの時助けてくれてありがとうございます！」

「気にしないで。さっきも言ったけど、人を守ることなんて当たり前だ」

草柳は朗らかに笑いながら、ひなみの頭を撫で始めた。

ゆっくりと、そして優しく頭を撫でられたひなみの頬は……。

ほんのりと赤くなっていた。

ちくしょう！　ちくしょうがっ!!

耐えるんだ。耐えろ俺！　むやみに今ここで何か言えば、余計この場が混乱するだけだ！

必ず突破口があるはず。今は堪えろ！

「じゃあ、九条さん。早速だけど会議室で体育祭の打ち合わせをしよう。他の体育祭実行委員が待っているし」

草柳はそのまま……ひなみの腰に手を回しベッタリとくっついた。

まるでお互い愛し合っているカップルの様に、隙間なく体を密着させる。

「場所は僕が案内するから、一緒に行こう」

「あ、はい！　お願いします！」

ひなみはそのまま草柳と一緒に、校舎の方へと歩き始めた。

俺は拳を強く握りしめながら、二人の背中を見ることしかできなかった。

少しずつ遠のいていくひなみを見ていると。

俺達の関係も徐々に遠くなっていく感覚に襲われた。

◇

草柳が正体を偽り、ひなみに近づいている。

こんな予想外の展開になりながらも、俺達は体育祭に向けて打ち合わせを進めた。

議題は、今後のスケジュールや実施する種目についてなどがメイン。

いくら草柳がクソ野郎だからといって、私情を挟み会議を遅らせるわけにはいかない。

怒りのせいで腹がムズムズした感覚に襲われながらも、大人しく席に座っていた。

草柳がファシリテーターとして会議を回していたため、比較的スムーズに進み、これといった問題は起きなかった。

しかし、正門での時と同じく、草柳とひなみの距離は近い。お互い隣同士で座り、会議中笑顔を絶やさなかった。

二人で仲良く会話をしているところを、俺は何度も目にした。

会議はスムーズに進んだっていうのに、二人の関係でここまでストレスが溜まるとはな。

このまま草柳の笑みを見続けると、俺の頭が壊れそうだ。

結構時間も経つし、ここは一度休憩でもしよう。

疲労が溜まり始めたタイミングを見て、俺はスッと手を上げ、皆に少しの休憩を提案しようとしたのだが。

タイミング悪く、草柳が俺より先に発言した。

「うん。話し合いたい議題の半分が終わったから、そろそろ休憩にしたいんだけど。その前に一ついいかな？」

会議室にいる全員が草柳の方に目を向ける。全員から注目される中、草柳はこんなことを言い出した。

「せっかくの合同体育祭なんだし、前年度とは違ったサプライズ的なものが欲しいんだけど、どうかな？」

「おおー！　それいいね！」

「せっかくだし、何か企画したいよね」

「ありあり！」

草柳の提案に、他のメンバーも続々と乗り出した。草柳は信用できない男だが、この案は別に悪くない気がする。

記念すべき合同体育祭だ。何か大きなイベントがあってもいいと思う。

「僕からの提案なんだけど、後夜祭はどうかな？　体育祭が終わった後に、男女ペアでダンスをする、という流れにしようかなって。でもただ単純にダンスをするだけだと面白くないから、優勝した組の中で一番活躍した人を一名ＭＶＰに決めて、その人は後夜祭で踊りたい人を指名できるルールも付け加えたい。そっちの方が盛り上がりとしてはいいかなって思ってさ」

後夜祭か。ベタだけどでも逆にシンプルでいいな。

ＭＶＰって設定も中々面白い。これなら好きな人と踊るために必死で頑張る人達が沢山現れるはずだ。

体育祭の後、ＭＶＰに選ばれた人は踊りたい人を指名できる。何かいかにも高校生の体育祭って感じだな。盛り上がるに違いない。

後夜祭、ダンス、そしてＭＶＰ。これらの提案に対し、特に反対する者はいなかった。

特に異論もなく、むしろ良い案だと皆受け止めていた。

「反対する人はいないみたいだね。じゃあ後夜祭と男女ペアのダンスを企画しよう。ＭＶＰの選考基準に関しても、また後で話し合おうか。じゃあ一旦休憩で」

草柳の言葉を合図に、一旦休憩時間に入った。

俺は息抜きがてらトイレに行こうと思い、席を立ち、そのまま部屋を出ていった。

しかし、何か妙だ。変な胸騒ぎがする。

こう……何か物事が全て順調にいきすぎている気がする。

◇

部屋を出た後、俺はトイレに入り、そのまま個室へと駆け込んだ。

そして先ほどの出来事――草柳が正体を偽り、ひなみに近づいていたことを思い出す。

「マジで何なんだよ、あいつ……。目的は何だ？」

独り言と深いため息が思わず出てしまう。

ただ単純にひなみのことが好きでアタックしているなら別に良いけど、何故正体を偽るんだ。

それにあの爽やかな笑み。何か見ていて腹が立つんだよな。さっきの会議ではファシリテーターとして、円滑に会議を進めてくれていたけど、でもやっぱり良い奴だとは思えない。

ひなみと二人でニコニコ笑っているところを思い返すだけで、苛立ってくる。

あーむしゃくしゃする。

よし！　こういう時は他のことに熱中すれば、少しは落ち着くか。

俺はポケットからスマホを取り出し、便座に座りながら音ゲーをやり始める。

音ゲーをして、嫌なことを忘れよう。

便器に座りながらイヤホンを付け、プレイ開始。リズムに合わせながら、次々と画面を叩く。

お、そろそろサビの部分に差し掛かってきたぞ。ここを乗り越えればフルコンボでクリアだ！　よしあと少しで！

　その時だった。

「いや〜。まさかあの『千年に一人の美少女』がいるとは思わなかったよ。やっぱめっちゃ可愛（かわい）くね？　そう思わない？」

　ん？　この声は……。

　聞き覚えのある声が、イヤホンの外から俺の耳に届いた。

　これ……。もしかして星林高校の体育祭実行委員の……真鍋（まなべ）さんって人か？

　俺は一旦音ゲーをやめ、会話に集中した。

「ああ。ネットの画像でしか見たことがなかったけど、実物はやっぱり化け物だな。とんでもなく可愛い」

　こ、この声……草柳か！

　爽やかで芯のある声だからすぐに分かる。

　でも何だ、この感じ……。

　正門や会議で話していた時と、口調がまるで違う。それに声のトーンもだいぶ低い。何だろう、冷たい声だ。

　男同士だからか？

「だよなー草柳。本当可愛いよね。どう？　できそうか？」

「どうって何がだよ？」

「とぼけんなよ」

数秒の沈黙後。真鍋さんの言葉を聞き、俺は絶句した。

「あの『千年に一人の美少女』とヤレそうか？」

お、おい……この人達一体何を話しているんだ？　ヤルってまさか、ひなみとか⁉

恋人とかなら分かるけど、そういう感じじゃないよな。まるで体だけ見ている気が……。

嫌な予感がした俺は、少しだけドアを開け、二人の表情をこっそりと覗き見た。

すると、小便器の前に立ちながら、草柳は不気味な笑みを浮かべていた。

「大丈夫だ。話してみた感じだと、九条は天然だ。ピュアな女だよ。ああいうタイプは俺みたいなイケメンに甘い言葉を囁かれると、簡単に股を開く。ちょろいな。余裕だよ。それに俺が偽物だってまるで気が付いてねぇ」

う、嘘だろ……。

あの爽やかで優しい草柳さんが、ひなみの体を狙ってやがる！

おいおいおいおい。マジかよ！　やべぇだろこれ！

何か裏はあると思っていたがまさかこんな非道な目的があったのかよ！

「さっすが草柳だ！　お前みたいにイケメンに生まれたかったよー。可愛い女の子とヤリまくりな人生とか超羨ましいわー」

「安心しろ。あの子の初めてをもらうのは俺だが、その後はお前らにもヤラせてやるよ。ま、俺好みに調教した後だけどな」

「お前の性癖はヤバいからなー。あんなピュアな子に何をするつもりだよ。けど『千年に一人の美少女』とヤレるのは貴重だわ。ありがたく、あの子の体を使わせて頂く！　お前がいて助かるよ。男子校で出会いとかないしさ」

「ああ、楽しみにしとけ。体育祭開始日に名乗り出るつもりだったが、まさか今日会えるとは思わなかったよ。だが作戦は成功だ。そのうち俺の女にしてやる」

し、信じられねぇ……。

生まれ持った容姿を利用して、女を食いまくっていたのかよ！

しかも相手の子の気持ちなんて考えず、他の男にも回していたなんて……。

そ、そうか！　正門の時、やけに他の男子達からの信頼度が高いと思ったけど、そういうことか！

自分が落とした女子を彼らに回していたのか！　何て野郎だよこいつ！

「一緒にいた慶道(けいどう)とかいう男は、見た目からして彼氏でもなさそうだし、問題ないだろ。可哀(かわい)そうだな。知らない間に、友達が俺に食われるなんて」

「確かに！」

「神様も良い仕事してくれるよ。今の経験人数は九十九人。記念すべき百人目を、あの

『千年に一人の美少女』で迎えるとしよう」

「最高だなそれ！　俺にも早く回してくれよ？」

「勿論だ、真鍋。本当……体育祭が楽しみだ。ＭＶＰと後夜祭のルールも決めたしな」

……え？　ＭＶＰだと？

そういえば休憩に入る前、草柳がＭＶＰと後夜祭について話をしていたな。

満場一致で採決されたが。待てよ、あ！　まさかこいつ！

「優勝して草柳がＭＶＰに選ばれれば、あの『千年に一人の美少女』とダンスを踊れる。そして最高の思い出を一緒に作って惚れさせるって作戦だよな？」

「その通りだ。だからめんどくせぇファシリテーターを務めたんだ。会議を回す立場になれば、自らの提案を通しやすくできるからな」

何か物事が全て順調に決まりすぎだと思っていたけど、これがＭＶＰを取り入れた真の目的か！

確かに、ＭＶＰや後夜祭のダンスは盛り上がる要素になる。

実際、初のコラボ体育祭だから、こういうサプライズもあっていい。

だが草柳はそこを上手く利用した。

皆が青春の思い出を作っている裏で、草柳はひなみと一緒に踊り、そして……。惚れさせる。ひなみを落とすつもりだ。

自分のものにできるよう、都合の良い展開を考えていたのか。

ちくしょうっ！　何でさっきの会議で気が付かなかったんだよ！

あいつがＭＶＰに選ばれない場合もある。でも、もし思い通りになったら、最悪だ……。

「くっくっく。今までずっと会いたかった英雄と踊れるんだ。気分が上がらないはずがない。必ず俺に惚れる」

「ひゃー！　最高だな！　じゃあ俺も草柳が選ばれる様に、あの手この手を使うぜ！」

「ああ。協力してくれ。体育祭で優勝すれば、あとはもう完璧だ」

「頼むぜ草柳！　お前ならホイホイ女が釣れるもんな。頼むぜ、今回も」

「勿論。必ず俺のものにしてやる」

草柳は最後にいやらしい笑みを浮かべると、二人そろって男子トイレを出ていった。

ヤバい。

マジでヤバい。何だよこの展開はっ!?　とんでもない奴がひなみを狙ってやがる！

通り魔の次は、クソ野郎に目を付けられちまったじゃねぇか！

何としてもクソ野郎から守らないと、大変なことになる。

今年の体育祭……色んな意味で大荒れするぞ！

第六話 ― 作戦会議

トイレで草柳の真の目的を知ってから一時間が経ち、ようやく打ち合わせが終了した。

今は星林高校の正門前で、星林高校側の実行委員の人達と下校するところだ。

「すっかり会議が長引いてしまったね、九条さん。ちょっと疲れちゃったかな」

草柳は隣に立っているひなみに、爽やかな笑みを見せながら、彼女の肩にそっと手を回す。

公衆の面前で距離を一気に詰めてくる草柳に、ひなみは少し困惑した表情を見せるが、それでも嬉しそうだった。

「は、はい！　でも体育祭を盛り上げるためにも精いっぱい頑張らないとですね！」

「九条さんは努力家なんだね。僕は好きだよ。そういう性格の子」

この言葉を聞き、ひなみの顔は一瞬でポッと赤くなり、そのまま手をパタパタとばたつかせ、視線を必死に泳がす。

「え、ええ⁉　わ、私よりも努力家な人は沢山いますよ！」

「そうかい？　今日の会議でも積極的に話を回していたし、中学の時生徒会長だったんだろ？　凄いじゃないか」

「あ、は、はい。あ、ありがとうごじゃいましゅ……」

草柳の言葉が嬉しかったのか、ひなみは口角をグッと上げる。また、ニヤニヤを抑えきれず表情が踊っているので、言葉を所々噛んでいた。

二人のやり取りを第三者が見ていれば、カップルになると自然に思うだろう。

だが、俺だけは知っている。

この草柳がクズ野郎だと。そしてひなみが騙されていることも。

今すぐに教えたい。今すぐにひなみを守りたい。

だが……こいつが偽物だと言うために使える証拠がない。

俺が名乗り出るわけにはいかないし、仮にそうしても、信じる人は少ない。

ネットの掲示板に書かれた偽の情報のせいで、助けに行った男子学生の人物像が高身長でイケメンになっている。

こんな状況じゃ俺に打つ手はない。どうにもできねぇ。

俺は別にひなみから好かれたくて助けに行ったわけじゃない。

過去に助けられなかった親友の時と同じ過ちを犯したくなくて。助けを求めるひなみをどうしても無視できなくて、無我夢中で飛び込んだんだ。

それを勝手に自分の手柄にして、さらにひなみに近づこうだなんて、なんて卑怯な奴だ。

「九条さん。もうそろそろで日が暮れるし、最寄り駅まで送ろうか？」

「い、いいえ！　そ、そんな私のことなんて心配しなくても大丈夫ですよ！」

「でも、せっかくまた会えたんだし、今日ぐらいは、ね？」

「は、はい……。で、ではお願いします。草柳さん」

草柳の言葉に負けたひなみは、そのまま二人で最寄り駅へと向かっていった。

俺達との距離がどんどん離れていく。

追い付こうと思えばすぐに行けるのに、何故か遠く感じる。

走っても届かない気がした。

このままだともう……俺達の関係は遠くなってしまうかもしれない。

心の奥底でそう感じた。

その日の夜。
色んな意味で疲れ果てた俺は、ベッドの上で大の字になりながら、ボーッと天井を見上げていた。

この先の体育祭が不安でしかない。

草柳はひなみを騙し、そして利用しようとしている。自分の女にしようとしている。

別に彼女にしようとしているのがダメだと言うつもりはない。ただ、正体を偽り体目的で近づいていることが気に食わない。

ひなみは純粋で明るくて、真っ直ぐな優しい性格だ。あんなゲス野郎に騙されて弱みでも握られたら……。

考えるだけでも腹がたってくる。

だが今の状況を覆せるほどの武器はない。むしろ草柳の方が有利だ。星林高校の生徒からの人望は厚く、高身長でイケメンな外見。

加えてネット上に転がっている偽情報と身体的な特徴が一致している。

どうすればいいんだよ……。無理ゲーじゃねえか。

大体何であんなクズ野郎が、通り魔を倒した男子学生だと名乗り出ているんだよ！

こっちが名乗り出ないのをいいことに、上手く使いやがって！

ぬおおおおお！　ストレスがどんどん溜まって今にも爆発しそうだ！

俺はストレスと苛立ちのせいか、いつの間にか両手で頭をくしゃくしゃかきながら、毛虫のように体をクネクネ動かしていた。

自分でも変な行動だと分かっているが、抑えられん！　草柳の顔を思い出すだけでも相当なストレスだ！

「草柳だけは絶対に許さん！　何だあの爽やかな笑顔の裏に隠された腹黒い本性はっ！人として最低だろ！」

俺は体を動かしながら、独り言を言った時。

「…………………おにぃ、さっきからきっしょいんだけど。何してんの？」

妹である美智香の声が耳に入った瞬間、俺の体はピタリと止まった。

恥ずかしさ、そして自分の惨めさのせいで、俺は数秒間動けなくなってしまった。

……え、ちょっと。何でいんの？　ここ俺の部屋なんだけど？

ちょ、何か用があって入ってきたの？　だとしたらノックした？

数秒遅れてようやく体が言うことを聞き始め、声がした方に首を向けると、まるでゴミを見ているかの様な冷たい目をした美智香が、俺を見下ろしていた。

う、うわぁー。俺の動き全部見られてたっぽいな、これ。

こ、これは……。完全に俺のことを兄として見ていない。というか人として認識されていない。

ははー。とうとう兄からゴミに転職しましたか。悲しいなー。小さい頃はあんなにも仲が良かったのに。

今ではすっかりゴミ扱いですか。

「お兄、さっきのクネクネした動きは何？　学年劇で毛虫役でもやるの？　だとしたら妹として恥ずかしいから、すぐにその役降りて」

「んなわけあるか。仮にそうだったとしても、毛虫役だって立派な役割なんだから、馬鹿にするな」

「いや普通に自分の家族が毛虫役やってたら、恥ずかしいでしょ。おにぃが地面をクネクネしながら進んでいるシーンを想像するだけでマジ学校行けなくなる。だから辞めて」

「まだ俺のことを家族として見れくれているのはありがたいが、ちょっとそれ酷くね？」

「は？　何言ってんの？　学校の友達に知られたらマジで終わりなんだけど」

何故俺の妹はこんなにも冷たいんだ……。

アニメとか見ていると可愛くて兄想いな妹がよく出てくるっていうのに。

今なら、『俺の妹がこんなに冷たいわけがない』という名前で、リアルな妹系のラノベを書けそうだ。

「分かった分かった。でも、何で俺の部屋に勝手に入ってきてる？　ストレスを感じて一人もがいていたというのに。ノックはしたのか？」

「いや、してない」

「何で毎回毎回俺の部屋にノックもしないで入ってくるんだ⁉　ここは俺の部屋でプライベートな場所でもあるんだぞ⁉　年頃の男子高校生の部屋に勝手に入ってこないでくれま

す⁉」

必死になって言うが、美智香の表情は全く動かなかった。見ただけでもゾッとしてしまうような、冷たい無表情のまま。

全然響いてねぇ。悲しいなおい。

「毎回ノックすんのめんどい。あとおにぃのプライベートとか興味ないし」

「言ってくれたな。なら俺も用がある時はノックしないで、いきなりお前の部屋に入ってやるからな！」

俺がそう言うと、美智香は言葉を返さなかった。その代わりに、少し顔を下に向け不自然に表情を隠す。

え、なにちょっと怖いんだけど？

そう思っていると、美智香からとてつもない殺気が漂い始めた。思わず体の芯まで凍ってしまいそうだ。

美智香は数秒間沈黙した後、過去一冷たい目を俺に向けながらこう言った。

「……ぶっ殺すぞ？」

「あ、はい。すみません」

こ、怖いぃぃぃぃぃ！

美智香の殺気にビビッた俺は、先ほどのまで勢いはどこかへ飛んでいき、リスの様に体を小さくした。

目の前にいる妹が俺の目には怖くてしょうがない！

「一応言っておくけど、おにぃ程度ならいつでもあの世に送れるから。そこらへんよろしく」

「お前はいつから暗殺者になったんだよ……」

冗談で言っているにしても、美智香は相当冷たく怖いから、嘘ではないかもしれない。

本気で怒ったら、包丁でも持ってきそうだし。

「殺し屋じゃなくても普通にできるし。蚊を潰すのと同じ」

「俺は虫と同等かよ……」

美智香の俺に対する扱い、どれだけ酷いんだよ。俺に人権とかないのかな？

「それで美智香。話を戻すけど俺に何の用？」

話を切り替え、何故美智香がここにいるのか聞いてみた。

すると美智香は右手に持っている物を俺の顔の前に突き出してきた。

こ、これは……。受話器？

「おにぃに電話がきてる。相手の人は『どうせ言わなくたって分かるから、そのまま受話器を渡して』って言ってたよ」

あ、それ絶対古井さん。そんなこと言うの絶対古井さんだよ。

「あのさ、美智香。確認なんだけど、その受話器、保留ボタン押してる？」

美智香は黙ったまま、コクリと首を縦に振った。

あっぶねぇ。前回は保留ボタン押されていなくて、会話を全部聞かれてて恥ずかしい思いをしたからな。

今回はセーフみたいだな。

「了解。とりあえず電話に出るから、部屋出ていってくれるか？」

「りょ」

美智香は俺に受話器を渡すと、そのまま部屋から出ていった。

さて。

妹に恥ずかしいところを見られ今にも消えてしまいたいのに、あのドSと電話しないといけないのか。

普通に嫌じゃね、これ？

本音を言うなら出たくない。あのドSのことだ。多分開始早々絶対にいじられる。

だが古井さんが用もなく俺に電話なんてしてこない。意図は何となく分かる。

恐らく草柳についてだろうな。それ以外に思い当たる節がない。

俺はスーッと深呼吸した後、保留ボタンを押し受話器に耳を当てた。

「も、もしもし……」

「ようやく出てくれたわね。随分と待たせてくれるじゃない」

「す、すみません……」

「電話に出るまでに数分かかっている。そのことを考えると、妹さんに恥ずかしいところでも見られていたのかしら？　例えば気持ち悪い動きをしながら悩み事を呟いていたり、とか」

「何で分かるんですかね。もしかして俺の部屋に監視カメラでも仕掛けています？　プライベートを監視してます？」

「そんな物必要ないわ。凡人の考えることぐらい簡単に分かるわ。凡人のことなんてね」

「凡人二回言うなっ！　古井さんが天才なのは分かるけど、そこまで言われる筋合いはない！」

ことあるごとに本当ちょっかい出してくるな、このドSめ。

「相変わらず良い反応をするわね。本当楽しいわ。ありがとう。良いストレスの発散になるわ」

「人を勝手にストレス発散に使うな」

「バカね。冗談に決まっているじゃない。冗談が通じない男はモテないわよ」

「な、何だよ……。冗談か。よかった」

「ええ。一割ぐらい冗談よ」

「それほとんど本音じゃねぇか！　冗談の要素ほぼなくない⁉」

相変わらず俺の扱い雑だろ⁉

このロリドSに、いつかぎゃふんと言わせてやりたい。

だが相手はとんでもないほど頭が良いうえに、口論においては人類トップクラスに強い。いつもいじられて、何も返せないまま終わるだけ。高校卒業する前には、絶対に仕返しをしてやりたい。

と、俺がそんなことを考えている時だ。

ポチャンッ。

何か水滴が下に落ちる音が、受話器越しに聞こえた。

あれ？　この音って。

それに、さっきから古井さんの声が若干響いている様に聞こえていたけど、まさか……。

「古井さん、もしかしてお風呂に入っている？」

「あら、よく分かったわね。正解よ。今お風呂に入っているわ」

「な、何故(なぜ)お風呂に入りながら電話を……」

「いいじゃない。長風呂派だから、ちょっと暇つぶしも兼ねて電話したのよ」

「な、なるほど」

お風呂に入りながら電話をしているのかよ。

いつ電話してきてもそれは古井さんの勝手だからいいけど、異性との通話中にお風呂はねぇだろ。

年頃の女の子が裸で俺と電話しているとか、普通にやばくないか!?

ああ待て！　へ、変なことを考えるな！　破廉恥な妄想だけはやめろ！　頭を真っ白に！

「やっぱりお風呂は気持ちいいわね。でもちょっと不思議よね。だって全裸になって唯一楽しめるのは、お風呂だけだもの。全裸になっても。ぜ・ん・ら・に」

「ちょっと古井さん！　全裸を三回も言わないでくれます!?　しかも最後めっちゃ強調しているし！」

この人ぉぉぉぉ！

俺が必死で心を無にしようとしているのに、全裸を何回も言ってきて！

絶対わざとでしょ!?　狙って言っているでしょ!?

「別にいいじゃない。何を言おうと人の勝手よ。……あれ？　それとも電話越しに私の裸でも想像しているのかしら？　だとしたら最低ね。人の裸を想像して勝手に興奮しているなんて」

「興奮してもいないし、想像すらしていないわっ！」

「そう。でもちょっと悲しいわね。年頃の女の子が裸になっているのに、欲情されないのは、それはそれで悲しい」

「じゃあ何て言えばよかったんですかねこれ⁉　正しい選択肢なくない⁉」

「バカね。正解なんて簡単じゃない。『古井小春様のナイスバディを、思わず想像してしまいました』と言えばよかったのよ」

「分かるかそんなこと！」

自分でナイスバディとか言うのかよ。ってか、確かに古井さんは可愛いしスタイルは抜群だけど、胸は……。

いやいやいやいやいや待て。

それ以上考えるのはやめておこう。取り返しのつかないことになりそうだ。スルーするのがベストだ。

古井さんを本気で怒らせたら、多分死ぬ。社会的な意味で。

「そ、そろそろ本題に入りません？　いくら長風呂でも、これ以上雑談していたら、のぼせるかもしれないし」

「そうね。まあ雑談はこの辺にして、本題に入りましょうか。私、生産性のない話をするのは好きじゃないのよ」

「いや、どちらかというと、古井さんがこの話を広めた気が……」

「あらそうだっけ？　まあいいわ」

いや、何すっとぼけているのさ。

古井さんから話を膨らませたじゃないか。開始早々俺のことをいじってきて。

「今日私が電話をしてきたこと、予想できるわよね？」

「……ああ。草柳のことだろ？」

「ええ。そうよ」

草柳はひなみ達の前で、自分があの時の英雄だと名乗っていた。

それを嘘だと分かる人物はこの世でたった二人だけ。

本物である俺と、誰よりも早く僅かな情報だけで俺の正体を見破った古井さんのみ。

古井さんからしてみれば、草柳の言動は無視できないはずだ。

「一応念のために古井さんに言っておくけど、今までの話は全部本当だからね。俺が今まで嘘を言っていて、草柳が本物だって展開はないから」

古井さんはいつも俺のことをいじってくるドSだが、何だかんだ俺の理解者でもある。

世界でたった一人の味方を失っては、もはや詰みと言える。

「私が君を疑っているとでも？　あんな爽やかな笑顔を終始見せつけてくる野郎の言葉なんて信じるわけないじゃない。安心しなさい。君が本物だというのは疑っていないし、他の男よりも信じているから」

「あ、ありがとう……」

俺の話を信じてくれたのは嬉しいけど、何だろう。古井さんのさっきの言葉。

――他の男よりも信じているから。

この言葉は、何か意外だ。

古井さんがそんな言葉を言ってくれるなんて。やっぱり、何だかんだ優しいところあるんだな。

「草柳のあの態度は私としては許せないわね。馴れ馴れしくひなみの体に触っていたし、それに……ひなみを騙しているのが許せないわ」

その気持ちは俺も同じだ。ひなみの純粋な気持ちを利用して、いいように近づいている。人望も厚く爽やかなイケメンだが、女性を自身の性欲をぶつける生き物としか見ていない。最低な野郎だ。

「俺も同じ気持ちだよ。ひなみの気持ちを利用して、やりたい放題やっているし」

「ええ。正体を偽ってまで距離を詰めようとしているのが許せないわ。惚れているなら正々堂々と行けって話よ」

「ああ、その、古井さん。草柳は……ひなみに惚れているわけじゃないんだ」

「……え？　どういうこと？」

普通なら確かに古井さんの言った通り、草柳がひなみと付き合うために正体を偽っていると自然に思うだろう。

だが実際は違う。あの爽やかな笑みからは考えられない裏の本性が隠されている。

「古井さん、今日の会議の途中休憩があったじゃん？　あの時男子トイレの個室でゲームしてたんだけど、そこで草柳達の会話が偶然聞こえてきたんだ」

「会話？　どんな内容だったのかしら？」

「草柳は……ひなみの体を狙っている。性欲のはけ口に利用するつもりだ」

俺の言葉に動揺を隠しきれなかったのか、古井さんはすぐに言葉が出なかった。

無理もない。

さすがの古井さんでも、草柳が体目的でひなみに近づいていることを知って、冷静でいられるはずがない。

信じられなくて、言葉が出なくなるよな。

数秒ほど黙り込んだ後、古井さんは先ほどよりも小さい声で、こう聞き返した。

「そ、その話は本当なの？」

「ああ。間違いない。この耳ではっきりと聞いた」

俺はその後も続ける。

「今日の会議で草柳がＭＶＰと後夜祭のダンスについて話を始めただろ？」

「ええ。でもそれが……。あ、まさか！」

「そのまさかだよ。ＭＶＰになってひなみと後夜祭で踊るつもりだ。二人で一生忘れられない思い出を作って。その先は分かるよね？」

「惚れさせて、ひなみを手に入れるつもりね。反吐が出るわ」

「草柳はＭＶＰと後夜祭を上手く使って、ひなみを食うつもりだ。あいつは女性を体でしか見ていない」

「なるほど。そうだとしたら、草柳が正体を偽るのも納得だわ」

「ああ。自分をあの時助けにきた英雄だと思わせて、ガードを緩くするつもりだ」

実際、草柳の作戦は今のところ上手くいっている。ひなみだけでなく、他の人も上手く騙し、自分の味方にしている。

クズ野郎だが、しっかり計算してやっていることを考えると、あいつのずる賢さがよく分かる。

「どうすればひなみを守れるかな、古井さん。正直俺の頭じゃ、この状況を打開する策が思いつかない」

今日一日を振り返ってみると、俺は何もできなかった。

草柳とひなみが二人仲良く話している姿を後ろで見て……拳を強く握りしめるだけだった。この先もきっと状況は変わらないかもしれない。

ひなみは草柳と一緒に行動し、周囲の人もそれを公認する。

ハイスペックな容姿を持つ者同士が青春らしいことをしていれば、誰も文句は言わない。

さらに星林高校の生徒は草柳を神の様に崇めている。手に入れた女を彼らに回しているからな。

あれだけの人望がある以上、下手な手は逆効果だ。

この八方ふさがりの状況を打開するには……古井さんの手を借りるしかない。

それ以外の道なんて、今の俺にはない。

「状況は分かったわ。このままあのゲス野郎とひなみがくっつくことだけは、何としても阻止したい。友達として守りたいもの。だから協力しましょう」

「本当にありがとう。助かるよ」

「別にいいわよ。ひなみを守りたいという思いは一緒だし。それに草柳の思い通りにさせたくないもの。私の友達を騙したからには、しっかり仕返しをしなきゃね。生まれてきたことを後悔させてあげる」

「こ、怖いなおい。でも、こういう時にドSな性格って役に立つよね」

「褒め言葉として受け取っておくわ。私の怒りに触れたらどうなるか、草柳の体に叩き込みたいもの」

「はは……。そ、そうですか。未来の旦那さん大変そうだな、これ」

「今何か言った？」

「い、いいえ何も言っていません！」

あっぶねぇ！

ちょっと声を落として言ったから上手く聞かれていなかったけど、もし聞かれてたら、多分想像を絶する地獄を味わうことになっていたと思う。

草柳の前に俺がやられるところだったな。

古井さんが怒ったら本当何するか分からない。その気になれば、『あっははははは！』って笑いながらチェンソーとか振り回すと思う。

「そ、それで古井さん。話を戻すけど、俺は具体的に何をすれば？」

本題はここからだ。今の俺達は圧倒的に状況が悪い。

周りの人達は草柳を信じきっているうえに、ネットの偽情報が悪い意味で彼の味方になっている。

本当誰だよ、高身長でイケメンだって書き込みをした人は。

まあそんなわけで、俺達にできることは相当限られてくる。

「そうね。まずは草柳が偽物だっていうことは、周囲に言わないこと。ひなみにも黙っておきなさい」

「えっ⁉　黙っておくの⁉　てっきり草柳が嘘をついている証拠を見つけて、皆に言いふらすのか思ったんだけど」

驚く俺だが、古井さんはクールに意図を説明する。

「確かにその手もあるわ。でも本物を出せない以上、下手に言いふらすのは逆効果。『草柳が偽物だと言うのなら、本物は誰なんだ』って言われたら、どう返すつもり？」

「た、確かに。そう言われれば、何も言い返せないな」

「そうでしょ？　それに、ＳＮＳの方でも早速情報が拡散されているわ」

「ん⁉　もう拡散されているの？」

「ええ。試しにトレンド検索してみなさい。凄い勢いで拡散されているわ。多分彼の知り合いが情報を流したと思う。草柳が名乗り出ているところも、バッチリ動画にされているし」

俺は古井さんに言われた通りスマホを手に持ち、ＳＮＳを開いてみた。

そしてトレンドの方を見てみるとそこには……。

#通り魔を倒した学生

というハッシュタグがトレンド入りしていた。

おいおいマジかよ。

まだ一日も経っていないのに、もうトレンドに入っているのかよ。

俺はハッシュタグが付いた投稿にザッと目を通す。

『地下鉄通り魔から千年に一人の美少女を助けた男子学生が、こんなイケメンなのかよ！』

『やばい！　このイケメンは惚れてしまう！』

『千年に一人の美少女と唯一張り合う男で草』

　こんな感じの投稿だらけだった。

　特に草柳の写真付きの投稿は、凄まじい数の『いいね』が付いていた。

　世間からすると、名乗り出なかった英雄がこんなイケメンだったと知れば、逆に興奮しちまうよな。草柳のファンクラブでもできそうな勢いだ。

　しかし、完全に良いとこ取りされてしまった。

　俺が名乗り出ないのをいいことに、自分の手柄にして世間の注目の的になるなんてな。

　お前が変に名乗り出たせいで、余計本物が名乗り出せなくなっちまったじゃねぇか！

「どう？　見て分かったでしょ？　これだけ世間から注目されているのに、彼が偽物だと言うのはあまりにもリスクが高すぎる。本物を出せない以上言いふらすのは得策ではないわ」

「これを見たらさすがに無理だな。ただのアンチだって言われて、終わりそう」

「そうね。それにひなみにだけ言うのも中々難しいわ。彼がどうして偽物だと分かったのか説明しなくちゃいけないし」

「草柳が偽物だと言ってしまえば、逆に本物を知っていることに繋がる。そういうこと？」

「ええ。そうよ。よく分かっているじゃない」

現状を考えると、古井さんの判断は正しいかもしれない。草柳が偽物だと言うなら、本物を出す以外、周囲を納得させる方法はない。

「ってことは、これ完全に打つ手なしじゃないか？　周囲には言えないし、ひなみ本人にも言えない。これでどうすれば……」

「諦めるには早すぎるわよ。まだやれることはある」

半分諦めかけていた俺だが、古井さんは違った。

この圧倒的不利な状況下でも、しっかりと策があるようだ。やっぱすげぇ。

「今の私達にできることは、大きく分けて二つよ」

「二つ？」

「ええ。よく聞きなさい。一つ目は、草柳がボロを出すまでの間、延命措置としてひなみと草柳を離す様に、こちらから妨害すること。体育祭が終われば、しばらく離れるだろうし、いつかボロが出るはず。それまでの間、何とか妨害するしかないわ」

なるほど。確かに嘘をついていれば、そのうちボロが出るはず。それまでの間、俺と古井さんが裏で二人が恋人同士にならない様に、妨害するしかない。

いわゆる持久戦というやつだ。相手の隙ができるまで、粘り強く戦う。

それが作戦の一つ目だ。

「二つ目は、ひなみ自身に草柳が偽物だと気づかせることよ。助けられた本人が偽物だと気が付けば、状況は大きく変わる」

ひなみ本人に草柳が偽物だと気づかせる。それが理想だが、こちらは中々に難しくなりそうだ。

自分を助けてくれた英雄を疑いの目で見られるのか。正直怪しい。

何かきっかけがあれば無理ではないが、現状厳しそうだ。

「今私が思いつく策は二つだけど、これについて本物である君の意見が聞きたいわ」

「そ、そうだな。一つ目がいい気がする。ひなみに気づかせるのは結構難易度が高い。それなら持久戦に持ち込んで、草柳がボロを出すことを待つか、それともこっちが動かぬ証拠を見つけ出す方がベストだと思う」

「そうね。私もその意見には賛成よ。長期戦に持っていった方が、そのうちボロが出ると思うし」

「じゃあ、それで決定かな？」

「ええ。とりあえず体育祭が終わるまでの間、草柳とひなみがくっつかない様に、極力私達が見張るしかないわ」

「了解。方向性は定まったな」

だが問題はここからだ。草柳は必ず体育祭で何か仕掛けてくる。特に体育祭本番は卑怯（きょう）な手を使ってでも、無理やり優勝する気だ。

そしてＭＶＰになって……ひなみと後夜祭で踊り、付き合うつもりだろう。

青春らしい最高のイベントだが、あいつの本性を知っている俺としては、気持ち悪さしかない。

ひなみの純粋な気持ちは何としても守らなければ、取り返しのつかないことになる。

俺が通り魔から守った影響で、良くも悪くもひなみは有名人になってしまった。

だから最後まで俺が責任を持って傍（そば）で守りたい。

「体育祭準備期間は俺がひなみにベッタリくっつけばいいけど、本番はどうする？　草柳は必ず何か仕掛けてくるはずだ」

「そうね。とりあえず体育祭準備期間は、君がひなみの傍にいて、私は裏で作戦を考えるわ。そして体育祭当日は相手の動きを見つつ、指示を出す」

「なるほど。了解した。ブレーンは古井さんだから、遠慮なく俺に指示を出してくれ」

「あら、それは嬉（うれ）しい言葉ね。じゃあ遠慮なく色々指示を出すわ」

「あ、待って。冗談。無理な命令だけはやめてください」

やばい、ノリでカッコつけてしまったが、古井さんはドＳだ。彼女に『何でも』という言葉を言ってしまえば、何をされるか分からん。

「最後まで言い通したらカッコ良かったのに。まあいいわ。実行してほしいことがあれば、すぐに指示を出すからよろしく」

「オッケイ。分かった。頼むよ古井さん！」

「ええ。勿論よ」

「作戦名とか付ける？　何かそっちの方がカッコいいかなって」

「映画の見すぎね。スパイでも軍人でもないんだから」

「ま、まあそうか……」

ちょっとカッコつけすぎたかな。

さすがに作戦名まではいいか。でもあった方がちょっとだけ、気分上がるんだけど。

「でもどうしても付けたいなら、今考えた案があるけど聞きたい？」

「え？　あるの？」

「作戦名は……『ヤリ〇ンゴミクズ野郎、ぶっ〇し大作戦』よ。どう？　コンプライアンスで隠されるところが多いけど、インパクトはあるでしょ？」

「うん。やっぱり作戦名なしで」

こんな感じで、俺と古井さんは密かに協力し合うことになった。

体育祭が終わるまでの間、草柳とひなみが付き合わない様に、裏で妨害する作戦が動き始める。

偽物を討伐するのは、本物である俺だ。

覚悟しろよ草柳。ひなみを騙(だま)したことを後悔させてやる！
ところで古井さんって、ネーミングセンスなくない？

第七話　タイミング

合同体育祭の打ち合わせが終わり、私——九条ひなみは湯船につかりながら、今日の出来事を思い返した。

ずっと会いたかった命の恩人が。あの時の英雄が。

やっと私の前に現れてくれた……！

草柳さんはとても優しくて、すごく安心感がある。頭も良いみたいで、スポーツもできるそう。

こんな完璧な人が私を助けてくれた恩人だなんて、ちょっとビックリだな。

欠点がなくて、逆に引いちゃうぐらいだよ。

話していてとても楽しかった。ずっとドキドキしていた。もっと一緒にいたいと思えた。

本当、奇跡ってあるんだね。一年もしないうちに再会できるとは、思わなかった。

「草柳さんのこと。もっと知りたいな……」

私はお風呂の天井を見上げなら、そう呟いた。

体育祭が終わるまでの間、沢山お話しして、何か恩返ししたい。

あの時助けてくれたんだもの。最高の恩返しをしなくちゃ。

でも、どうしてだろう……。

この胸のざわつきは何？

嬉しい半面、どうしても。どうしても無意識に涼君の背中を思い出してしまう。

どうしてだろう？

草柳さんの背中には何も感じなかったのに、何故か涼君の背中にだけ、魂が動いた気がする。

気のせいかな？

忘れようとしても、どうしても重ねてしまう。涼君の背中と、あの日助けに来てくれた人の背中を。

理由は分からないけど、無意識に考えてしまう。

私が涼君のことを好きだからかな。

でも……でもさ。

涼君には友里(ゆり)がいる。

林間学校で再会を果たし、二人の関係は進展した。運命の様に、もう一度出会うことができた。

そのことを考えると、私なんかよりもよっぽど友里の方がお似合いだよ。

私だって、涼君のことをずっと好きでいたい。付き合いたい。

涼君に林間学校で励まされて、友里に負けない様にアタックするって決めた。

でも、先日の登校の時もそうだったけど、どうしても負けてしまう。

それにせっかく十年近くぶりに出会えたことを考えると、二人の間に割って入るのに、どうしても罪の意識、申し訳なさを感じてしまう。

だって、もう会えないと思っていた人と友里は高校で再会できたんだよ。

これはもう……運命としか言いようがない。

それなのに、私がグイグイ行くのは……。

そう悩んでいる時に、私の前に草柳さんが現れてくれた。草柳さんが英雄だと分かった。

友里と同じく、私にも突然運命が訪れた。

きっと、神様が私には草柳さんの方がお似合いだって、言っているんだよ。

きっと、友里と涼君の間を邪魔するなって言っているんだよ。

でなきゃ、こんなタイミングで運命が訪れるわけない。

「私はきっと……」

涼君のことは諦めたくない。傍にいたい。ずっと一緒にいたい。でも私にその資格はない。

あるのは友里の方だよ。

でも、好きでいたい。ああ。ダメだ。

気持ちの整理ができない。草柳さんを意識すると、どうしても心のブレーキがかかる。

でも涼君の方にいけば、今度は友里のことを考えてしまう。

本当、どうしたらいいの……。

ブクブクブクブク。

私は小さな泡を出しながら、しばらく考え続けた。

でも答えが出ることはなかった。

体育祭が終わる頃には、はっきりしていたい。

第八話　噂

次の日の朝。

俺はアラームに叩き起こされベッドから起き上がり、リビングへと向かった。

ふぁぁぁぁ。眠い。もう一回夢の世界に行きたい。

そう思いつつ、既に朝食を食べ始めている美智香と母さんに続いて、俺も食べ始める。

ご飯を口に運びながら、ボーッとしていると、テレビからこんな声が聞こえてきた。

『さて、皆さん。既にSNSを中心に話題となっておりますが、なんとですね。地下鉄通り魔から少女を守ったあの英雄が！　あの男子学生がついに誰だが判明しました！』

『いや～。本当長かったですね！　私も考察系の記事をいくつも読んでいて、高身長のイケメンだと分かっていたのですが、まさかあんなハイレベルとは思いもしませんでしたよ！　カッコいい男子高校生が人を守ったとなると、これはもう伝説になりますね！』

『そうですね。想像以上の人物だったのでビックリしました。さあこれからですね、あの英雄、草柳君のプロフィールについて、ご紹介したいと思います！』

思わず口に入れていたご飯を思い切り噴き出してしまった。

「ブーッ！」

ええっ⁉　あのゲス野郎、テレビで紹介されているの⁉

俺は思わずテレビの方に振り向くとそこには……。

草柳がカッコよく笑っている写真が、画面いっぱいに映し出され、アナウンサーが解説していた。

嘘だろ、おい……。

かつての俺みたいになっているじゃねぇか！

な、なんてことだ……。まさかテレビにまで紹介されるとは。

これじゃあ増々ひなみを守るのが難しくなっちまう！

「めっちゃカッコよくない、お母さん？　あんなイケメンに助けられたら、もう超惚れちゃうよね。私なら彼女になるためにグイグイいくね」

た、確かに女性側からしたら、草柳は彼氏にしたい男ランキング第一位になるよな。

やべぇな、おい。本当に笑えねぇ。

話題性抜群のハイスペックなイケメンとなれば、女性陣の目もハートになること間違いなしだ。

「カッコいいわね〜。お父さんと涼にも見習ってほしいわよね？　あの二人は本当ダメダメなんだから」

「ほんとそれ。こんな王子様みたいな人がお父さんとおにぃだったらなー」

父さんは今いないから別にいいけど、俺の目の前でそれ言うか……。

美智香と母さんにとって、画面に映っている草柳は白馬の王子様に見えているんだろうな。

ところで、その王子様……偽物なんですけど!?

あれから数時間が経ち、今は学校の教室にいる。

草柳がハリウッドデビューしたかの様に英雄扱いされ、朝から大変ご機嫌が悪い俺だったが、教室にいる方がよっぽど気分が悪かった。

何故なら。

「ねね九条さんっ！　あの草柳さんが命の恩人って本当!?」

「草柳さんってどんな人なの!?」

「朝のテレビ見たよ！　草柳さんカッコいいよね！」

こんな感じの声が、俺の隣の席、つまりひなみの席から聞こえてくるからだ。

全員目を輝かせ、ひなみを質問攻めにしている。

一方ひなみは、さばききれない量であるにもかかわらず、笑顔を崩さず丁寧に対応していた。

俺はそれを横目で見ていたのだが、ひなみの顔が嬉しそうに、そして赤くなっていることが気になった。

まるで初めて彼氏ができて、友達からいじられているような、そんな感じだ。

まあ、ずっと会いたがっていた人が、性格は置いといて、外見はトップクラスだったんだ。

嬉しくないはずがないよな……。むしろ付き合ってもおかしくはない。

「先が思いやられる。草柳め……」

ひなみが草柳に惚れない様に色々と妨害しなきゃならん。

それでもよ。

付き合い始めたら、もう終わりだ。

今年の体育祭は楽しむ暇なんてなさそうだ。でも、それでもひなみを守れるのなら。

やるしかない。意地でも守ってやる！　あんなクズ野郎に渡してたまるか！

第九話　買い出し

あれから三週間が経過し、いよいよ体育祭前日となった。

時乃沢高校と星林高校。この二つの高校による合同体育祭が初めて行われるため、ただ今全力で準備にとりかかっている。

今日の授業はなく、体育祭開催場所である星林高校のグラウンドで、午前中から準備をしている。

機材を運び込んだり、またテントを組み立てたりと、結構力仕事が多く、疲れが溜まる。

ちなみに、今日俺が任された仕事のほとんどが重労働だ。とにかく重たい物を運ぶ仕事ばかり。

現に今も放送用の機材を一人でグラウンドまで運んでいる。

実行委員の先輩達め……。

時乃沢高校の数少ない男子だから、という理由だけで、重労働を押し付けてきて。

こんな重たい機材を一人で運べだなんて、無茶すぎるわ。

俺はそう心の中で文句を言いつつ、放送用の機材を指定された場所まで運ぶ。

「よっこいしょっと。これで放送に使う機材は全部運び終えたか……」

俺は放送用の機材をシートの上に置き、グッと背伸びをした。

あー。重かった。ようやく終わったな。

俺はそのまま赤色に染まりつつある空をボーッと眺めながら、草柳(くさやなぎ)とひなみのことを思い返した。

草柳が英雄だと告白して以降、星林高校との打ち合わせは毎週行われ、その全てにひなみは出席した。勿論(もちろん)俺もだが。

打ち合わせ中、草柳は必ずひなみの隣に座り、楽しそうに雑談をしていた。俺達A組は白組で、草柳は赤組。ひなみと草柳はお互い敵同士だが、それでもニコニコと話していた。

単純に話すだけならまだいい。だが草柳はことあるごとにひなみにベッタリとくっつき、行動を共にしようとする。帰る道が逆なのに、ひなみと一緒に下校する時もあったな。

何があるか分からないから、俺と古井(こい)さんも同行して、どうにか二人っきりにさせないようにしていたが……。

ひなみの草柳に対する好感度は、日に日に上がっている様に見えた。

初対面の時に比べ、笑う機会も多くなっているし、より関係を深まっている気がする。

状況は増々悪くなっている気がする。

だが一つだけ気になっていることがある。

それは……。


時折、ひなみが俺のことを不安そうに見つめてくることだ。

草柳と話している時、チラッと俺の方を見ることが何度かあった。

少しだけ不安そうだったな。

いや、どちらかというと……。

なにか迷っている様に見える。


何に迷っているのかは分からないが、それでもひなみの心境は変化している。

もしこの状況のまま草柳の作戦が全て上手くいったら。草柳がＭＶＰに選ばれ、後夜祭のダンスで告白すれば……。

ひなみは騙されていることに気が付かないまま、もう戻ってこなくなるかもしれない。

それだけは避けたい。友達として、ひなみを守りたい。

林間学校の時に誓ったんだ。中学の時の失敗はもうしたくない。

俺はそう思いながら、最後の仕事を終えたため、下校することにした。

下を向きながらも、正門に向かって歩き始めると、

「あら、奇遇ね。君も今仕事が終わったのかしら」

嫌な声が聞こえた。それも前方からだ。冷たくて、ちょっとドS感を含んだこの声は間違いない。

「げ……。古井さん」

「げ、とは何よ。失礼な男ね」

古井さんの鋭い目つきと、怖い顔つきに俺の体はブルッと震えた。

心の中で思っていた言葉が、つい口に出てしまった……。

古井さん相手にやっちゃいけねぇだろ、これ。

「あの……古井さん。何でここに？」

「迎えに来たのよ。この後用があって早めに仕事を終わらせたわ。ほらさっさと歩くわよ」

「へいへい。分かりました」

「やる気のない返事ね。そこは『はい！　かしこまりましたご主人様！』と言いながら尻尾を振りなさいよ」

「だから俺はあんたの犬じゃないっての！」

「ああ、そうね。犬じゃないわよね。間違えたわ」

「そうそう。俺は犬じゃない。分かってくれればいいんだ」

「犬じゃなくて下僕だものね。主が下僕を犬と間違えてしまって、ごめんなさいね」

「いやどっちも違うわ！　いい加減俺を人として見てくれません!?」

「ほらさっさと行くわよ、ポチ。ついてきなさい」

「それ犬に付ける名前！　やっぱり犬として見てるじゃねぇか！」

　こんな感じで、疲れ果てたところに古井さんが現れ、共に帰ることとなってしまった。

　俺達はグラウンドを通り抜け、中庭を歩きながら正門へと向かう。

「草柳とひなみの関係性は、君から見てどう思う？」

「まあ、やっぱり良いようには見えるかな。中身はクソ野郎だけど、それでも外見だけ見たら草柳はかなりのイケメンだ。英雄があんなイケメンだったことを考えれば、ひなみの気持ちが動くのも無理はないかなって。ただ……」

「ただ？」

「時々ひなみの表情が暗い時があるんだ。何か迷っている感じがする」

　何についてひなみが迷っているのかは分からない。ただ、何か思い悩んでいることがあるのは確かだろう。

　それにひなみが草柳といる時、偶に俺と目が合う。偶然なのかもしれないが。

「なるほどね。ひなみが何か悩みを抱えているのは確かだろうけど、でも草柳に対する好感度は上がっているはず。多分、あの子が自ら偽物だと気づくのは無理があるかもしれないわね」

「だよなー。そりゃ恩人を疑うなんてしないよな。やっぱり持久戦で草柳がボロを出すのを待つしかないか」

「そうなりそうね。とりあえず明日の体育祭で、二人が付き合うことだけ防げば、まだ可能性はあるわ」

「そうだね。明日は全力で裏から妨害するしかないな。あ、ところで。作戦とかは考えたの？」

草柳とひなみ。二人が体育祭でカップルにならない様に、古井さんがブレーンとして作戦を考え、俺がそれを実行する予定だ。

だがその作戦をまだ俺は聞かされていない。

ちょっとだけ不安もあったが、しかし古井さんのニヤリと笑う顔を見て、俺はすぐに安心した。

「任せなさい。草柳の思い通りにならない様に作戦を考えたから。ふふ。楽しみだわ。自分が勝てると思っていた愚者が、無様に負ける姿を想像すると、つい笑ってしまうわ」

「古井さん、また性格の悪さが出ちゃってる……」

「酷（ひど）いことを言うわね。私の友達を騙し、手を出せばどうなるのか。それを思い知らせてやりたいだけよ。そして正体が判明した際は、懲らしめてやるわ。あの手この手を使ってでも……」

古井さんの脳内で、草柳が一体どんなことをされているのかちょっと気になるが、聞かないでおこう。

「草柳がどの種目に出るのかは、覚えているわよね？」

「勿論。借り者競争と、騎馬戦、そしてリレーだろ？」

「ええ。君にはその全てに出てもらって、これから言う作戦を実行してもらうわ」

「了解！」

「それじゃあ――」

中庭を通り抜け、昇降口前に差し掛かろうとした時だ。

「待って！　止まって！」

珍しく古井さんが口調を荒くし、前に手を出して俺の動きを止めた。そのまま俺の体を引っ張り、木陰に二人そろって身を潜めた。

「え、どうしたの古井さん？」

「静かにしなさい。ほら、あそこを見て。昇降口にいるわ」

古井さんが指さす方向を見るとそこには……。

昇降口付近で、華(はな)先生とひなみ、そして草柳の三人が何か話をしていた。

「何で華先生と話しているんだ？」

「分からないわ。でも何か話しているみたいだし、少し静かにしてて」

俺は古井さんに言われた通り、口を閉じて三人の会話に集中した。

「いやー、二人共お疲れー。色々助かったよ」

最初に聞こえてきたのは、華先生の声だ。

「全然大丈夫です！　むしろ楽しかったです！」

続いてひなみが言葉を返す。

汗だくになりながらも、ひなみは元気にそう言っているのが、少し離れた位置からでも分かる。

「うん。僕も九条さんと同じで楽しみながら準備に取り組めました。明日が楽しみです」

ひなみに続き、草柳もニッコリと笑う。お前の笑顔なんか見たくないんだよ、馬鹿野郎。

「本当はここで解散といきたいんだけどねー。ちょっと急なトラブルが起きちゃってさ」

「「急なトラブルですか？」」

「ああ。買い出しを他の人に任せていたんだけど、いくつか買い忘れがあってな。さらに追加で買ってこなきゃならない物ができたんだ。でも買い出しに行った本人はもう帰っちゃってね。だから九条と草柳君。君達二人に任せたいんだけど、いいかな？」

な、何だとぉぉぉぉ!?

二人で買い出し⁉　しかもこんな夕方から⁉

もし買い出しに行って、二人の帰りが遅くなれば……。

人の目を気にせず、草柳がひなみにアタックできる！

マズいぞこれ！　体育祭が始まる前に付き合ってしまうパターンもある！

「ど、ど、ど、どうする古井さん⁉　このままだとひなみと草柳が二人っきりに！」

予想外の展開に動揺する俺だが、隣で一緒に盗み聞きしている古井さんは、いつも通りの冷静さを保っていた。

一切動揺せず、表情筋をピクリとも動かしていない。何だこの落ち着き様は……。

「こ、古井さん？　何か策でもあるのか？」

ボソッと小声で聞く俺に対し、古井さんはこう返した。

「二人で買い物は確かに危険だけど、別に妨害できないわけじゃない。すぐ隣に暇人がいるからね」

「ああ、なるほど。その暇人を使えばいいのか」

「そういうこと」

「なるほどな……。ん？　その暇人って俺じゃね⁉」

「気づくの遅すぎ。あなたがタイミングを見て飛び込みなさい。私はここで見ているから」

「いやいや！　何で俺単独で⁉」

二人っきりでの買い出しを阻止するために、俺が出て妨害するのは分かる。だが何故俺だけなんだ。古井さんも一緒にいた方が、絶対にいいはずだ。

「俺が二人の間に入るのはいいけど、古井さんは？」

「私も一緒に行きたいわ。でもさっきも言ったでしょ？　この後用があって、早めに仕事を終わらせたの。だからこの後の買い出しには参加できないわ」

「嘘だろ。マジかよ……」

「今動けるのは君だけよ。だからお願い」

古井さんは目線をひなみ達から俺の方に向け、真剣な顔つきでじっと俺を見つめる。

そして小さな口で、力強くこう言った。

「私の代わりに、ひなみの傍にいてあげて」

この言葉に対し、俺は何も言い返さなかった。

ああ、そうだ。古井さんだって心配で一緒に行きたいに決まっている。でもそれができない。だから今頼れるのは俺だけなんだ。

俺だけがひなみを守れる。ならもうやるしかない！

「分かった。古井さんが動けないなら、俺がいくしかない。やるしかねぇな」

俺が単独で乗り込むことを決意すると、古井さんはホッとしたのか、硬かった表情を柔らかくした。

「夜に電話して。そこで作戦を伝えるから」

「了解。必ずかけるよ」

作戦について話すことを古井さんと改めて約束した後、タイミングを見て乗り込むために、ひなみ達の会話に集中した。

「いやー。疲れているだろうけど、君達二人に任せたい。大変だけどいいかい？」

「私は大丈夫です！　華先生！　任せてください！」

「僕も九条さんと同じです。全然構いません」

ひなみと草柳。二人共疲れているはずなのに、一切嫌な顔せず華先生の頼みごとを承諾した。

二人の言葉を聞いた華先生は、ここからでもはっきり分かるほど、表情がパッと明るくなった。

「ありがとー！　いやー、本当助かったよ。よーし、じゃあ近くのショッピングモールでこのメモに書かれている物を買ってきて」

華先生が説明している時だ。

俺は三人の前に姿を現し大声で華先生の言葉を遮った。

「せ、先生っ！　俺も行きます！　俺も買い出し行きます！」

突然の登場に、三人共驚いた表情を浮かべるが、それでも俺は気にしない。

ひなみを守れるなら、気にする必要もねぇ。

「りょ、涼君！　どうしたの？　急に？」

「い、いやー。ちょっと俺も個人的な用で買い物に行こうと思っててさ。そ、それでせっかくならひなみ達のことも手伝おうかなって」

勿論、嘘だ。嘘でしかない。

買い物に行く予定なんてないし、そもそも買い出しに行く気もない。だが今ここで草柳の自由にさせたら危ない。動けるのは俺だけ。

なら俺がやるしかない。

「華先生、ダメですか？　人手はあった方がいいかと」

「うーん。まあいいんじゃないか。それほど買う物の量は多くないけど、他校の人と仲を深められるチャンスだし、行ってこい」

「あ、ありがとうございます！」

俺は華先生の言葉を聞き、ぺこりと頭を下げた。

よかった。これで二人っきりの状況を阻止できる。

このまま二人の間に俺が入れば……。

そう思っていた時、さらなる刺客が突然現れる。

「せ〜んせい！　私も行きたいな〜。その買い出しに」

俺の背後から陽気な声が耳に入ってきた。

こ、この声ってまさか！

声がした方に体を向けるとそこには、夕日に照らされながら口角を上げる友里の姿があった。

「えっ⁉　何で友里がここにいるんだ⁉」

「いや〜。中庭を涼と古井っちが歩いているのが見えてさ〜。追いかけてきたんだ〜。でも古井っちいないね〜。もしかして見間違いだったかな？　それに今、涼が木陰から飛び出てきたけど何してたの？」

友里は不思議そうに首を振り、古井さんを探す様に辺りを見渡す。

ヤバい！

古井さんは今木陰に隠れている。友里の立ち位置からだとちょうど死角になっているから見えないとはいえ、このままだとバレる可能性が！

「あ、ああ。古井さんならさっき走って帰っていったよ。何かこの後用があるみたい。だから今は俺だけ。あと、木陰で靴紐を結んでいただけだよ。あははは―」

変な汗が体中からドバッと出ているのが分かる。頼む。バレないでくれ！

「なるほどね〜。だから古井っちいないのか〜。寂しいけどしょうがないね」

「あはは―。そうなんだよ。古井さんもう帰っちゃってさ―」

あぶねぇ！　変に怪しまれずに済んだ！

もしここで古井さんの存在がバレたら、色々と面倒になるところだったから助かった。

思わずホッとしていると、友里は奥にいるひなみと草柳に言葉を飛ばす。

「やっほ～、ひなみに草柳さん！」

「友里！　お疲れ様！」

「佐々波さん、お疲れ様」

ひなみは見ただけで今日一日の疲れが吹き飛ぶほどの笑みを浮かべる。

やばい。めっちゃ可愛い。ひなみの前世は女神様か何かですかね？

「おおー。佐々波じゃないか。仕事は終わったのか？」

「はい華先生！　バッチリであります！」

友里は軍人の様に華先生に向けて敬礼する。

「私も仕事終えてちょっと暇でしたし、ひなみ達のお手伝いをしてもいいですか？」

「まあいいよ。四人仲良く行ってきなさい」

「ありがとうございます！　華先生！　じゃあ涼行こうか！」

友里は元気よくそう言うと、俺の腕をがっしりと強く摑みながら、ひなみ達の方に歩き始めた。

な、何だこれ？　これからまるでデートに行くカップルみたいじゃないか。

「よ〜し！　じゃあ今から四人で行こう！」

友里は意気込みを見せると、そのまま正門の方へと向かっていく。

俺は友里にグイグイ引っ張られてしまい、自由に動けなかった。

こりゃショッピングモールに着くまでの間、友里から離れられそうにないな。

そう思っていると、引きずられながらも偶然ひなみと目が合ってしまった。

あ、何かちょっと恥ずかしいな。今の俺、顔赤くなってない？

そう心配していると。

ぷいっ。

ひなみが見てはいけないものを見てしまったかの様に、俺から目を背けた。

……え？　あ、あれ？

俺何かしたか？

何かひなみ俺のこと避けてる？

ど、どうしよう……。

何故俺から目を背けたのか考えていると、ひなみはボソッとこんなことを呟いた。

「……やっぱり、涼君と友里は凄くお似合いだよ……。運命の糸で結ばれているもんね」

な、何だ？　どういう意味で言ったんだ？　俺と友里がお似合い？　運命？　どういうこと⁉

俺はひなみの言った言葉の真の意味を理解できずにいた。

一体何を伝えたかったんだ？

第十話　ダブルデート

学校を出てから二十分ほど歩いて、星林(せいりん)高校の近くにある大型ショッピングモールに到着。今は適当に店を見て回っている。

結局買い出しは俺とひなみ、友里(ゆり)、草柳(くさやなぎ)の計四人で行くことになった。

友里の登場は思いもしなかったけど、それでも予定通りひなみと草柳の仲を邪魔する。

そのつもりだったのだが……現実はそう思い通りにはならない。

「草柳さん、これはここの店に売っているのでしょうか？」

「うん。多分売っていると思う」

「ありがとうございます！」

「気にしないで。さっ。店内に入ろうか」

草柳とひなみは二人仲良く話しながら、店へと入っていった。

まるでカップルじゃねぇか。

これじゃあ妨害どころじゃないぞ。一方、そんな二人を見ている俺はというと、

「いや〜、平日だっていうのに、人多いね〜。そう思わない、涼？」

「お、おう……。そうだな」

「こんなに多いとはちょっとビックリだね〜」

依然として、俺の腕に友里がしがみついている。離さない様にがっちりと力強くだ。そのせいで離れられない。

こんな美少女とお近づきになれるのだから、この状況は嬉しい。男の俺としては大変喜ばしい。

だが今じゃない！　タイミングが悪すぎる！

マズいぞ、これ。二人っきりになる状況は何とか阻止し、最悪の状態にはならなかった。

しかしだ。友里が俺にくっついている影響もあり、草柳の邪魔ができない。

前方をひなみと草柳が歩き、その後ろに俺と友里。完全にダブルデートだろ、これ……。

このままだと、ひなみと草柳の距離が増々近くなっちまう。

あー！　ちくしょうっ！　でもどうすればいいんだ⁉

「ん？　どうしたの涼？」

「えっ⁉　い、いや別に何も」

「ふ〜ん。何か怪しいですね。怪しい匂いがしますね」

友里は俺の顔をジト目で見つめた後、何か確信したかのように、ニヤニヤし出した。

「涼……もしかして今」

「お、おう」

「巨乳について考えてたでしょ？　絶対考えたでしょ？」

「考えてないわ！」

「も～。とぼけても無駄ですよ、涼さん？　君は今、エロいことを考えていましたね？」

「い、いやいや！　考えてない！　全然違う！」

「うっそだ～。さっきからあそこのベンチに座っている胸の大きいお姉さん達を、ずっと見てるもん！」

「いや見てないわ！」

友里が指さす方向には確かに、ベンチに座り休憩でもしている胸の大きいお姉さん達がいた。

だが俺はお姉さん達など一切見ていない。ひなみと草柳のことを見ていたら、偶然その先にお姉さん達がいただけで、俺は断じて見ていない！

「やっぱり涼も男の子だね～。男の子は皆女子の胸が好きだもんね～。特に巨乳は」

「だから見てないって！」

「ふぅ～ん」

友里が俺の反応を見てニヤついたその直後、俺の耳元に顔を近づけ、静かにこう囁いた。

「私もあのお姉さん達に負けてないと思うよ～。確かめてみる？」

「……え？」

その言葉を聞き、俺の体はカチンッと固まってしまった。同時に驚きのせいか鼓動が一気に速まってしまう。

ど、どういう意味だ、それ……？

耳元で囁いた友里に目を向けると、頬がほんのりと赤く染まっていた。

恥ずかしさを感じつつ、どこか本気で言っている様にも見える。

ま、まさか冗談ではなくて……。

そう考えると急に体が熱くなり、頭も混乱し始めた。

「ゆ、友里……。そ、それって本気で……」

俺がそう問いかけると、友里は顔を下に向けて、スッと表情を隠す。

そして少しの間黙り込んだ後、何か吹っ切れたのか、急に顔を上げゲラゲラと笑い出した。

「あっははは！　冗談だってば！　涼はやっぱり面白いな～！」

友里は笑いながら、俺の背中をバンバンッと強く叩く。

いや痛いわ！　普通に痛いんですけど！

友里が全力で笑っていることを考えると間違いない。

からかいやがったな！

「友里、初めから冗談を言って、俺の反応を楽しんだだろ！」

「あっははは！　いや〜、耳まで真っ赤になっちゃってたから、思わずビックリして笑いを堪えちゃったよ〜。もう〜。涼は案外可愛い反応をしますな〜」

「耳まで真っ赤になってたの⁉」

「なってたよ〜。最初は顔全体が酔っ払いみたいに赤くなって、次第にそれが耳の先まで広がっていってたよ〜。面白かったな〜」

どうして友里が突然下を向いたのか分かった。

動揺のあまり、顔全体が真っ赤に染まっていくのを見て、思わず笑いを堪えていたのか！　めっちゃ恥ずかしいんですけど！　いやでも友里みたいな子から言われたら男なら誰でもそうならないか？

俺の反応で遊びやがって……。

「あ〜！　今『俺で遊びやがって！』とか考えてたでしょ！」

「何で分かる⁉」

「だって、ちょっと頬がプクッて膨らんだもん！　いや〜、やっぱり涼は分かりやすいですな〜」

「ちくしょう……。こっちの思考が全部読まれてる……」

「本当面白いな～。からかってよかった～」

友里は俺の反応に満足したのか、笑いが次第に収まっていった。

まさか突然あんなことを言ってくるとはな。

しかし、やっぱりここ最近友里の反応が変わったな。林間学校以前よりもこう、なんていうか……。

グイグイ絡んでくるって感じがする。

やっぱり友里は俺のこと……。

いや、そんなわけないよな。ちょっと仲良くなったからって、すぐ好かれたという風に勘違いしてしまうのが、モテない男のダメなところだ。これぐらい普通なんだよ、きっと。

しかしまいったな。

草柳とひなみの間に割って入る作戦が思いつかない。今も店内で二人仲良く歩きながら話しているし。何かしないとな。

友里と会話を続けるのもいいけど、でも俺が今やらなきゃいけないのは、それじゃない。

会話を止めるにはどうすれば……。

こんな時、古井(こい)さんならどうする……。俺はどうすれば。

ん……？　いや、待てよ……。

無理に二人の間に入る必要はなくないか？

無理に二人の会話を止めさせる必要はない。二人を引き離せばいいんだ！

「あ、あのさ。皆ちょっといいか？」

「ん？　どうしたんだい？　慶道君」

俺の言葉に、草柳が一番に反応した。それに続き、友里とひなみもこちらに顔を向ける。

「せっかく四人で来たんだしさ。分担して買い出しをしないか？　そっちの方が効率的かなって」

「おお〜。確かにそうだね〜」

意外にも友里が俺の提案に真っ先に乗ってくれた。

ラッキーだ。サンキュー友里。これで上手く話を進めやすくなる。

「確かに慶道君の言う通りだね。そっちの方が効率的だ」

「そ、そうだよな。じゃあ……」

俺が言いかけた時、言葉を遮るように草柳が突然こう提案してきた。

「僕と慶道君で他の買い出しにあたるよ。男子は男子、女子は女子でどうかな。九条さんと佐々波さんはここで買える物を買ってほしい」

……え？

な、何ぃぃぃぃぃ!?　俺と草柳がペアだと!?

ひなみと一緒に買い出しに行こうと思っていたけど、これはこれで何か嫌な予感がするぞ!?

ひなみと草柳を分断できたはいいが、男二人っきりかよ！

「お〜。なるほどね〜。まあ私は全然いいよ〜。ひなみは？」

「え？　わ、私も大丈夫」

女子側からしても悪くない提案なのか、友里とひなみは特に反対することなく、草柳の案を受け入れた。

な、何故(なぜ)だ。

何故草柳は突然俺とペアになろうとしたんだ？

普通はひなみを選ぶはずだろ？

こいつ……一体何を考えていやがる!?

ひなみ達と別れ二十分程度が過ぎた。

俺と草柳は買い出しを終えたため、ひなみ達と決めた集合時間までの間、適当にショッピングモール内を歩き、暇つぶしをすることにした。

草柳が少し前を歩き、俺がその後に続く。

アヒルの親子みたいに見えるだろうが、俺と草柳の間に会話はない。

周りはガヤガヤしているのに、俺達の間は静寂だ。元々話す気はないから、このまま俺は口を閉じたままでいるつもりだけど。

それにしても、何故こんな展開になった？

なんで急にあんなことを言い出したんだよ。草柳的にはひなみと一緒にいた方が良かったはずだ。

こいつの意図が分からん。何が狙いなんだ？　俺とひなみを離れさせたかったのか？

いや、今日はそこまでひなみと話をしていないし、嫉妬されるようなことをした覚えはない。

もしかして俺と古井さんの作戦がバレたか？

それこそ可能性としては低いか。古井さんのことだ。ミスなんてするはずがない。

ああ分からん！　何であんなことを急に？

俺がそう考え込んでいると、突然草柳が話しかけてきた。

「慶道君。ちょっといいかい？」

「……え？」

「慶道君はさ……。九条さんのこと、どう思っているのかな？」

「はい？」

草柳の言葉を聞き、俺は咄嗟に言葉を返した。

いやいやいや。何言ってんだ？

無意識に足が止まる俺。しかし草柳はそれでも話を続ける。

「ごめんね。佐々波さんと仲良く話していたのに、あんな提案をしてしまって。でも九条さんが君のことを時々陰からこっそり見ているからさ。それがちょっと気になって。もしかして実は裏で付き合ってたり？」

草柳の言う通り、ひなみが俺のことを不安そうに見つめてくることが、何度かあった。

何故ひなみがそんなことをしたのかは分からない。

だが確かなのは一つ。

「別に……。俺とひなみは恋人じゃないよ。友達だ」

そう。俺とひなみは別に付き合っているわけではない。

それにひなみには好きな人がいるんだ。だから俺に好意を抱いているはずはない。

俺がそう言うと、草柳の顔は安心したかの様な表情を見せる。

「そっか。じゃあ、九条さんって今彼氏いないよね？」

「多分彼氏はいない。入学時から一緒にいるけど、そんな話は聞いたことがない」

「よかった。もし君と付き合っていたら、どうしようかと悩んでいたよ」

草柳はひなみを悪い意味で狙っている。だから彼氏がいると厄介なんだ。後夜祭で一緒にダンスをすることが難しくなるうえに、告白もできなくなる。

草柳の裏の計画を実行するうえで、彼氏という存在は大きな障害になる。

「あんた、ひなみのこと好きなのか？」

俺がそう聞くと、草柳は口角を上げ、自信満々にこう言った。

「ああ。大好きだ。九条さんと再会できた時確信した。僕と九条さんは結ばれる運命にあるってね。だから付き合いたい。彼女のことが大好きだから」

この言葉を聞き、俺は思わず拳を強く握りしめた。

誰が誰を好きになるかは勝手だ。だが草柳は嘘を言ってひなみを騙している。彼女だけではなく、他の人をもだ。

そんな奴が、今みたいな言葉をそう簡単に言うんじゃねぇよ。お前がひなみを好きになっていいはずがない。

「なあ……。あんたは本当にあの時助けに入った男子学生なのか？　もし他の誰かが、俺が本物だって名乗り出たらどうするんだ？」

草柳に対する怒りのせいか、俺はついこんなことを聞いてしまった。本物が名乗り出ないことを利用して、草柳は自らの素性を偽っている。

だから助けに入った男子学生張本人が名乗り出たら、どうするのか。

その答えが知りたかった。

「慶道君は……。僕を疑っている？」

「い、いや。別に。ただあんたが本物だという証拠がこれといってない。だから」

「なるほどね。確かにそうだ。でも、僕は本物だよ。あの時無我夢中で九条さんを助けたんだ」

「……そうか。分かった」

「慶道君は九条さんと仲が良いからこそ、逆に僕を怪しんでいたみたいだね。でも安心してほしい。僕は本物だ。地下鉄通り魔から九条さんを守った男子学生さ」

「分かった……」

俺はここで特に反論せず、今の言葉をそのまま受け止めた。変な言い争いになったら面倒だし、草柳に俺の正体が気づかれたら最悪だ。ここは黙って頷(うなず)くのが賢明だろう。

「さて、そろそろ戻ろうか。集合時間になりそうだし」

「了解。向かうか」

「うん。九条さんと佐々波さんが待っているかもしれない」

俺は草柳の後に続き、集合場所へと向かった。

ひなみ達も買い出しを終えて、もう待っているかもしれない。少し小走りになりながら、二人で向かった。

その途中、俺は改めてこう思った。

こんな奴にひなみを渡したくない、と。

第十一話　ひなみの家族

「いや～、疲れたね～。皆、お疲れ様～」

星林高校の正門前で友里はグッと背伸びをする。

たった今俺達は華先生に買ってきた物を渡し終えたところだ。これで今日の仕事が終わったため、ようやく四人全員で下校となる。

時刻は既に十八時を超えており、かなり時間が経っていた。もうこんな時間か。

午前中から準備に取り掛かっていたから、さすがに体力がなくなってきたな。

足がちょっと重いし、疲れてきた。

「皆、お疲れ様。今日の仕事は終わったし、帰ろうか」

草柳は俺と友里に笑顔を向けた後、ひなみに近づき、そして。

「じゃあ九条さん。行こうか」

腰に手を回し、またしてもくっつき始めた。

まるで逃がさないとでも言う様に、邪魔されない様に、草柳はひなみと密着する。

この行動にさすがのひなみも戸惑いを見せる。少し嫌がっているように見えるが、彼女の性格を考えると断れないだろう。

草柳の奴、買い出しを邪魔されたから今度は下校時を狙ってやがる。

「そっか。ひなみは草柳さんと帰るんだね。じゃあ涼は私と帰ろ！　ちょうどこの近くに寄ってみたいオシャレなカフェがあるんだ〜。よかったら一緒に行こう！」

草柳とひなみが一緒に帰ると分かった瞬間、今度は友里が俺を捕まえにくる。

タ、タイミングが悪すぎるだろ……。

誘ってくれたのは嬉しいけど、やっぱりこれも今じゃねぇ！

何でこうタイミングが悪いんだ！　これじゃあ今度こそひなみが草柳のものになっちまう！

「ん？　どうしたの涼？　何か顔色悪いよ？」

「えっ⁉　あ、ああいや大丈夫だ」

「そっか。じゃあ一緒に帰ろうか！」

「佐々波さんと慶道君も決まったみたいだし、じゃあこのまま解散としようか。遅くなったし、駅まで送っていくよ、九条さん」

草柳はそのままひなみをほぼ強引に引っ張り、駅の方へと向かい始める。

「じゃあ私達は反対方向だから、行こっか涼！」

友里も草柳に続き、俺の腕を引っ張り出す。

ああ。ダメだこれ。どんどんひなみと距離が離れていく。

このままじゃあ……。草柳の思い通りだ。

クソ。どうする？　どうすれば？

そう戸惑っている時だ。

逆方向に歩き始めるひなみと一瞬だけ目が合った。そして彼女の瞳が映ると共に、体の奥底で何か動いた。

今ここで草柳の自由にしたら、この後何をされるか分からない。もしもの時に、俺が駆けつけることができない。

何もしなければ、未来の俺は必ず後悔する！

「あっ！　待ってくれ！」

ひなみを守りたいという思いから、無意識に言葉が口から飛び出てしまった。

でも、言ってしまったからにはやるしかない。動くんだ、俺！　この状況を絶対に打破する！

「その……じ、実は俺とひなみはちょっとこの後用があってさ。二人で帰るって約束をしていたんだ。だから悪い！」

俺は咄嗟に閃いた言い訳を言うと、友里から離れひなみの手を摑み、そして。

この場から逃げる様にひなみと走り出した。

「涼君っ⁉　急にどうしたの⁉」

突然の展開に戸惑うひなみの声が聞こえる。

だがそれでも俺は手を放さず、足を動かす。

このまま草柳の好き放題にさせるより、俺が恥かいた方がマシだ。

「悪いひなみ！　ちょっとだけ付き合ってくれ！」

真剣な表情の俺の目を見たひなみは顔を少しだけ赤くし、下を向いた。

「え？　う、うん。分かった、涼君」

ひなみはそれ以降特に話さなかった。二人で一緒に、風を切るように走る。

あれ？　何かひなみの手が熱くなっていないか？

まあ走っているから体温も高くなるか。俺は特に気にせず、そのまま走り続けた。

しかし、星林高校からどんどん遠ざかっていくその途中で、

「やっぱり仲良いな～、あの二人」

友里の言葉がかすかに聞こえた。

「はぁ、はぁ、はぁ。ご、ごめんひなみ。急に走らせて」

草柳と友里の姿が見えなくなる所まで走り、俺達は足を止めた。

結構な距離を走ったため、肺が痛い。今日一日準備をしていたせいか、体全体がかなり重たい。そのせいで、大した距離を走っていないのに、体力をかなり消耗してしまった。

「う、うんん。大丈夫だよ、涼君」

「本当ごめん。こんなことになって……」

あのままだと、確実に草柳がひなみに何か手を出していたに違いない。

それを阻止するにはこうするしかなかった。

他にも策はあったかもしれない。それでも今の俺に思いついたのはこれぐらいだ。

「でもどうして急に？　何か草柳さんとあったの？　涼君が意味もなくこんなことするはずないと思うし」

「ああ、えっとだな。まあその……きょ、今日はひなみと二人で帰りたかったんだ！　ほ、ほら！　最近二人になる時間がなかったし。そ、それで。あ、あははは」

俺は変な汗を流し、必死に目をあちこちに動かす。

思いつきで行動してしまったから、まともな言い訳が何も思い浮かばねぇ！

やばい、変な人だと思われたらどうしよう⁉

ああ！　古井さんみたいな頭脳が欲しい！

だが嘘を言っていないだけマシかもしれないな。草柳と離れさせるために二人っきりで帰りたかったというのは、ある意味本当だし。

「そ、そうなんだね。ちょっと嬉しいな。えへへ」

てっきり変な目で見られるのかと思っていたのだが、ひなみは嬉しそうににやけていた。

な、何だこれ。めっちゃ可愛いじゃねぇか！

いかんいかん！　見続けたら理性が崩壊してしまいそうだ。

ここは空でも見ておこう。

「あれ？　どうして空を見ているの？」

すると、不自然に顔を逸らしている俺に疑問を持ったのか、ひなみがグッと距離を詰めて見つめてくる。

その距離二十センチ。

目を逸らしても、ひなみの良い匂いが俺の嗅覚を刺激してくるんですけど！

え、何この甘い香りは⁉

今日一日動いていたから、結構汗をかいたはずだ。それなのに何でこんな良い匂いがするんですか！

「大丈夫、涼君？　顔色悪いよ？」

「え、ああ。い、いや大丈夫！　ボーッと空を見てただけだ。と、とりあえず歩くか！」

「そうだね。呼吸も落ち着いてきたし、歩こうか！」

あぶねぇ。とりあえず歩きながら話せば、気持ちも落ち着くだろう。

俺達はそのまま横に並んで、駅の方へと歩き始める。

夕日が地平線の向こうに隠れ、代わりに夜が訪れた。

体育祭前日だったけど、トラブルが立て続けに起きたな。

草柳とひなみが二人っきりで買い出しに行こうとしていて、それを阻止しようとしたら今度は友里が出てきたり。予想外の展開ばかりだ。

こりゃ明日は本当に何が起きるか分からない。古井さんの作戦通りにことが運ぶことを祈るしかない。

「なんだか二人で歩くのは久々だね、涼君」

「ああ、確かにそうだな」

ひなみの言う通り、ここ最近は二人になれる時間もなかった。登校時は友里達も加わり、さらに体育祭準備中は草柳がいた。

そのせいで、少しひなみとの距離が遠くなってしまった。

「涼君はさ、草柳さんのこと嫌いなの？」

「ん？　どうして？」

「涼君、草柳さんが近くにいるとあんまり楽しくなさそうだったから。体育祭準備期間中、涼君が草柳さんと話しているところをあんまり見なかったし。それに今日の買い出しも、ちょっと嫌そうな雰囲気があったから」

「い、いや別にてんなことは……。ってか最近、ひなみは俺のことをよく見ているよな」

俺がそう言うと、ひなみは両手を突然パタパタさせ始めた。

「ええっ⁉　い、いや涼君のことはそんなに見ていないよ⁉　ただ今どうしているのかなって、気になってちょくちょく見ていただけだからね！　本当偶然だから！」

「お、おう……。そうか」

それは偶然と言わないのでは？

という疑問をぶつけたら、多分ひなみがパニックになるので、心の奥底にしまっておこう。

「涼君がさっき突然走り始めた時は驚いたけど、でも二人の時間を作ってくれてありがとうね。やっぱり涼君が近くにいると、何故か分からないけど不思議と安心する」

ひなみが突然小声で言った言葉に、俺は思わずドキッとしてしまった。

ひなみは性格も外見も非の打ちどころがない。だからこんなハイスペックな人に、今みたいな言葉を言われると心が躍る。

ああ、いかんいかん。でも過度に期待しすぎるのも良くない。

ひなみの今の言葉は、あくまで友達としてだと思う。

変に期待して、空振りするのだけはごめんだ。

「そう言ってくれると嬉しいよ。あ、あのさ、ひなみちょっと聞きたいことがあるんだけど、いいか？」

俺はここで話の方向性を変えた。

二人っきりになれたんだ。この状況を使って今のひなみの気持ちを、草柳をどう思っているかを、彼女の口から直接聞きたい。

「うん。どうしたの？」

「……草柳のことなんだけど、あいつの言っていること、信じているのか？」

「え？」

ひなみの顔が少しだけ暗くなった。

ひなみからすると、命の恩人である草柳を俺が疑っているように聞こえるだろう。

せっかく会えたのに、こんなことを聞くのは失礼かもしれない。間違っているのかもしれない。

それでも今のひなみの心境を聞きたい。

もし草柳のことを好きになっていたら、俺が自ら正体を明かす以外、もう手はないのかもしれない。

でもまだ好きになっていないなら、可能性はある。その確認だけでもしておきたかった。

俺の問いに、ひなみは数秒間黙り込んだ後、ゆっくりと顔を上げ、空を見ながらこう言い出す。

「……正直、よく分からない……かな」

「分からない？」

「うん。草柳さんはとても良い人だよ。優しくて頭が良くて、運動もできる。それに通り魔から私を守ってくれた。私にとって彼は命の恩人。ずっと近くにいたいし、もっとお話がしたい。でもね……何故か心が変なの」

「変？　どういう風にだ？」

「なんだろう、言葉で表しにくいんだけど、こう……モヤモヤしているの。命の恩人と再会できて嬉(うれ)しいのに、何故かマイナスな感情をどこか抱いている」

「マイナスの感情か……」

「どうしても何か引っかかるの。彼の背中に何も見覚えがない。一度も見たことがない気がする。事件から結構時間が経(た)っているから、私が単純に忘れているだけかもしれないけどね」

「なるほどな」

ひなみの性格を考えると、彼女は人をあまり疑わない。人の言葉を信じるタイプだ。

そのせいで、草柳が嘘を言っていると疑っていない。

明るくて純粋な子だからこそ、板挟みの状況になっているということか。

だが少し安心した。

これでもし好きになっていたら、もう勝ち筋はなかった。

ひなみの心境が整理できていないなら、まだやれることはある。もしかしたら、ひなみが途中で気が付くかもしれない。

そうなれば、俺と古井さんの勝ちだ。ゲームはまだ終わっていない。

「だからね、明日の体育祭でずっと聞きたかったことを聞こうと思うの」

「聞きたいこと？」

「うん。恩人だと分かった時は嬉しくて、つい聞き忘れていたんだけどね。明日の体育祭で時間をとってもらって聞こうと思う」

「そうなのか。何を聞くんだ？」

「それはね……」

ひなみが何か言おうとした時だ。

ププーッ！

突然背後から鳴らされたクラクションが、激しく鼓膜を刺激した。

え？　何だ急に？

歩道を歩いているから、鳴らされるようなことはしていないはずだぞ？

そう思いながら俺は振り向くと、真っ白な車とその運転席に座る若い女性が目に入った。

車はごく一般的な車種だが、あの運転している女性は何か見たことがある気がするな。

多分二十代ぐらいだと思うけど、恐ろしく美人だ。

顔は小さく、これでいて有名女優も顔負けの美貌だ。髪も長いから、お姉さん感が強い。

しかし、やっぱりどこか見たことがある顔だな。誰かに似ている気が……。

ジーッと女性の顔を見ていると、隣にいるひなみが声を出した。

「あっ！　お母さん！　何でここに!?」

……はい？

え、ちょ。今なんて言った？

お母さんって言葉が聞こえたんだけど、気のせい？

だって運転手の女性はどう見ても二十代にしか見えないし。親のわけないよな。

そう思っていたが、現実はひなみの言葉通りだった。

お母さんと呼ばれた女性は助手席側の窓を開け、言葉を飛ばす。

「ひなみお帰り！　お母さんも今仕事帰りなのよ。車に乗ってく？」

「うん！　ありがとうお母さん！」

あ、やっぱりお母さんって言っている。確実にお母さんって言っているよ。

え？　ってことは何？　この若くて綺麗な人はひなみの母親ってこと？
嘘だろおい！
こんな若くて綺麗なお姉さんみたいな人が、お母さんなの⁉
九条家の遺伝子どうなってんだっ⁉　それと何でひなみのお母さんがここに⁉

第十二話　ひなみの家

誰がどう見てもお姉さんでしょ、この人？

化粧をしているとは思うけど、それでも俺の母さんと同じ世代とは到底思えない。

どこかで見たことあると思ったけど、まさかひなみの母親だったとは。

何故ひなみがこんなにも可愛いのかようやく分かったよ。

ひなみは母親の血を濃く受け継いでいるから、整った容姿をしているんだ。

母親すげぇなおい。

「お母さん、いつもこの道から帰っているの？」

「いーや。今日は特売セールをやっているスーパーに寄って、蜜柑を保育園に迎えてきたんだ。だから珍しくこの道を走っている。ひなみの方こそ、こんな時間まで何してたの？」

「明日の体育祭の準備をしてたの！　途中で買い出し任されて、遅くなっちゃった」

「ははぁーん。なるほどね。了解。で、ところでさ」

ひなみの母親は目線を俺の方へと向け、そして目が合うと何故かニヤリと笑った。

なんだか嬉しそうな表情を浮かべならこう言った。

「その隣にいる子……ひなみの彼氏？」

「ち、ち、ち、ち、違うよお母さんっ！　ぜ、全然彼氏とかじゃないよっ！」

はい、ひなみから大否定頂きましたー。一秒も経たないで否定されましたー。

まあ、こんな俺と恋人関係を疑われたら、即否定するよね。

何せ俺は中学時代、目つきが悪いという理由で女子から恐れられていた。

俺と席が隣になっただけで、元気がなくなる子もいた。悲しい中学時代を思い出すと、涙が出そうになる。

「お、お、お、お、お母さんっ！　隣にいるのはクラスメイトの涼君だよ！　ふ、普通の関係だから！」

真っ赤な顔をしたひなみからこんな言葉が出る。

そんな彼女を見た母親は、口を大きく開きながらゲラゲラと笑い出した。

「あっははは！　何ひなみ⁉　もしかして照れてるの⁉」

「ち、違うよっ！」

「本当ひなみは分かりやすいよねー。親として、こんな分かりやすくて可愛い娘を持てて誇れるよ」

「からかわないでよ！」

ひなみはプクッと頬を膨らませ、ジロリと母親を睨みつけた。

普通の人がひなみと同じことをすれば、怒っていることが伝わると思う。

しかし、ひなみは『千年に一人の美少女』だ。怒った顔ですらやっぱり可愛い。

アイドル顔負けの可愛さだ。

「おっ！　ひなみ良い顔しているねー。よし、そのままにしてて。今写真撮るから」

「何で撮るのよっ⁉　もうお母さんの馬鹿！」

「そんな怒んなくてもいいでしょー。可愛い娘の写真ぐらい撮らせてよ」

「今じゃなくていいじゃん！」

「はいはーい」

母親はひなみの反応に満足したのか、視線を再び俺に戻した。

「ええっと。涼君だったっけ？　よかったら君も乗っていくかい？」

「……え？　俺も？」

「うん。あ、もしかして車酔いが酷いタイプ？」

あ、普通に聞き間違いじゃなかった。

そうかそうか。俺は今ドライブに誘われているような状況なのか。あの『千年に一人の美少女』とその母親と共に車に乗るのか。

なんだか楽しそうだなー、ってそんなわけあるかっ！　自然に誘われたんですけど！

「どうしたんだい？　さっきから固まって」

反応がない俺を母親は心配そうな表情で見つめてくる。

俺を見つめるその瞳は、ひなみとそっくりだ。思わず引き込まれてしまう様な、不思議な魅力がある。十秒ぐらいずっと見つめていると、どんな男でも母親だということを忘れて、意識してしまうだろうな。

「ああ、ええっと。全然車に乗るのは好きですけど、でも何故（なぜ）俺も？」

「いやー、ひなみだけ乗せて帰るのも可哀（かわい）そうでしょー。涼君も乗りなよ？　送っていくよ？」

「いやでも、ご迷惑ですよ」

「そんなことないさー。私は君に興味津々だよ。一度話してみたかったんだ。さ、乗りたまえ」

「え、あ。は、はい」

ひなみの母親から説得されてしまい、俺は車で送ってもらうことになってしまった。

まあここは素直に聞いて普通に乗ろう。にしても、さっきの言葉は何だ？

何で……。

——興味津々だよ。

あんな言葉を言ったんだ？

俺はそう思いながら、後部座席のドアに手をかけ、ゆっくりと開けた。すると、中には四歳ぐらいの小さな女の子がちょこんと座っていた。

顔は小さくて、茶髪のミディアムボブ。目は人形のようにクリッとしており、頬がぷっくりと膨らんでいる。

何だ、この小さくて可愛い子は？

あ、そういえば、さっき保育園にお迎えに行った、みたいな話をしていたよな。

じゃあ、この子はひなみの妹か。

まだ幼いけど、ひなみの面影を感じる。多分この子も大きくなったら、可愛くなりそうだ。

そんなことを考えていたら、ひなみの妹と目が合う。そのまま首を傾げ、運転席にいるひなみの母親に言葉を飛ばした。

「マミー。変な人が車に乗ってきたよー。だれぇー？」

あれー。俺変質者に思われている。

幼くて純粋な子に言われると、結構心をえぐられる。俺ってそんなに怪しい人に見えるのかな。

「こーら。蜜柑。そんなこと言っちゃいけません。ひなみのお友達だよ」

「ひな姉のお友達なの？」

「そうよー。お姉ちゃんのお友達」

ひなみの妹——蜜柑ちゃんは再び俺を見つめる。その目からは、自己紹介してくれ、と言われている気がした。

「えっと、慶道涼って言うんだ。よろしくね、蜜柑ちゃん」

俺なりに小さい子受けするよう笑顔を見せる。すると蜜柑ちゃんもニッコリと笑顔を見せ、頭をペコリと下げた。

「蜜柑って言うの！　よろちくね！　ひな姉のお婿さん！」

「うん。蜜柑ちゃん、よろしくねって、おい！　今なんて言った⁉」

咄嗟に聞き返す俺。後ろにいるひなみも『蜜柑、今何か変なこと言わなかった⁉』と驚いていた。

これに対し、蜜柑ちゃんは大きく口を開け、ゆっくりと改めて言う。

「ひな姉の、お・む・こ・さ・んって言ったの！」

「「違うよっ！」」

俺とひなみは同時に突っ込む。

何故こうカップルだの、婚約者だの言われるんだよ、本当……。

しかもまだ保育園児だよね、蜜柑ちゃん。お婿さんなんて言葉どこで覚えたんだ。

蜜柑ちゃんの言葉にひなみはプンプンしていたが、俺は幼女を怒る気になれなかったので、そのまま後部座席に乗り込んだ。その後に続き、ひなみも車内に乗り込む。

「えっと。よろしくお願いします。近くの駅までで大丈夫です」

俺は運転席にいるひなみの母親に挨拶をした。その時だ。

「ぐぅ〜」

俺の腹も何故か恥ずかしい声を出した。

こ、このタイミングで空腹の合図を鳴らしますかね⁉ めっちゃ恥ずかしい！

「あっははは！ 何？ 涼君お腹空いちゃったの？」

「は、はい……。今日一日ずっと外で作業をしていましたから」

「そっかー。それなら多少なりとも疲れてお腹も空くよねー。あ、じゃあさ、涼君」

「はい？」

「うちでご飯食べるかい？」

「いやいやいや！ それは大迷惑ですよ！ ご家族だけで食べた方がいいですって！」

俺は全力で断るがそれでも母親は止まらない。むしろ余計彼女のエンジンがかかってしまった。

「あー、それなら心配無用！ 実を言うとさ、今日旦那と次女が夕飯要らないらしいのよ。買い物が終わった頃に連絡が来てさ。結構食材買っちゃったし、どうせなら食べてってよ。ね？ お願い！」

「え、ええっと……」

思わず口ごもる俺。そんな俺に対し、母親はとどめの一手を刺しにきたのか、ひなみと蜜柑ちゃんに目で何か合図を送る。

「蜜柑もひなみも、別にいいでしょ？」

「あいっちゃ！　ひな姉のお婿さんになる人とご飯食べたい！」

「わ、私も別に大丈夫。って、蜜柑！　さっきも言ったでしょ！　私達まだそういう関係じゃないからっ！」

見ての通り、あっさりと蜜柑ちゃんとひなみは承諾してしまった。

フレンドリーすぎるだろ、このファミリー。

に、逃げられねぇ……。もうこれ無理ゲーじゃん。絶対無理だよ、これ。

「どうする？　ここにいる皆賛成しているけど」

「わ、分かりました。じゃあお言葉に甘えてご馳走になります」

「りょ～かい！　よし、行こうか」

自信たっぷりな表情を浮かべる母親に、俺は完全に屈服するしかなかった。

また、俺の言葉が合図となったのか、ゆっくりと車は動き出し、そして走り出した。

これからひなみの家に行ってここにいる全員でご飯食べるのかよ。

信じられないな、本当。

でもお願いだから、変なトラブルとか起きないでくれよ。
頼むぞ神様！

第十三話　約束

「ただいまー」

ひなみの母親――優姫さんは自宅のドアを開け、そのまま玄関へと入っていく。

たった今ひなみの自宅に着いたところだ。

ひなみの家には広い庭と車二台停められる駐車場があり、さらに一般的な家の二倍近い敷地面積がある。

どっからどう見てもこれは高いぞ。広いしデカいし、窓も大きい。

す、凄いな……。こんな豪華な家に住めるだけの経済力が我が家にも欲しいよ。

「ささ。入って涼(りょう)君。お客さんなわけだし」

「あ、はい」

俺は優姫さんの言葉に従い、玄関で靴を脱ぎ、そのまま九条(くじょう)家に足を踏み入れる。

廊下を少し歩くと、一体何畳分なんだと思ってしまうほどの広いリビングと、その少し奥にあるキッチンが真っ先に目に入った。

リビングには庭一面を見渡せるほどの大きな窓がある。また、テレビは百インチほどのサイズで、ソファーも五人ぐらい余裕で座れるほどの大きさだ。

俺と住んでいる次元が違う……。何だこの高級住宅は。

俺はあまりの豪華さに言葉が出なかった。ひなみの父親は一体何の仕事をしているんだよ。

「ひなみー。蜜柑(みかん)をお風呂に入れてきて。その間にご飯作るから」

「はーい、お母さん。じゃあ蜜柑、お風呂行こうか！」

「あいっちゃ！」

ひなみと蜜柑ちゃんはそのままリビングを去り、風呂場へと向かっていった。一方、優姫さんはキッチンに向かい、夕食の準備を始める。

この広大なリビングとキッチンに残ったのは、俺と優姫さんの二人だけ。

少しばかり気まずい。初めて会った友人の母親と二人っきりか。何話したらいいんだ？　人の家でくつろぐのも何か違うし、かといって退屈しのぎになるようなことは何も思いつかない。

俺は静かにソファーに座りながら、しばらく口を閉じた。

すると、キッチンで優姫さんが夕食の準備を始めたのか、野菜を切る音が聞こえた。

そして優姫さんは料理をしながら、黙っている俺と会話を始める。

「涼君、ひなみとは結構仲が良いの？」

「え、まあ、仲は良いと思います。入学当初から付き合いがありますし」

「そっか。そりゃよかった。久々に男友達ができて、ちょっと安心しているんだ」

「安心、ですか？」

「うん。ここだけの秘密だけど、ひなみはよく君の話をしているよ。今日学校でこんな人と友達になっただの、林間学校で勇気をもらっただの、色んな話を聞くんだ」

「ひなみが俺の話を……」

「いつも楽しそうに話をしているよ」

優姫さんは野菜を切り終えると、次は肉をフライパンで炒め始めた。

ジュワーッと、肉が焼かれる音が聞こえる。同時に、食欲をそそる匂いが俺の空腹度をさらに上げる。

「ひなみの話を聞いていると、どうしても興味が湧いてきてね。だから君と会った時、色々と話がしたかったんだ」

「それで俺を夕飯に誘った、ということですか」

「御名答。ただ、普通にお腹を空かせていたからご飯を食べさせたかった、という気持ちもあるけどね」

優姫さんは肉を炒め終えたのかフライパンから手を放す。そして何故かニヤニヤしながら、口元を手で隠した。

「それで？　ぶっちゃけうちの可愛い娘のこと、どう思ってる？」

「……え⁉」

これ、答えミスったらこの後気まずい雰囲気になるやつじゃん！　ってかドストレートに質問してきたなおい！

「なーに照れてんのよ！　ぶっちゃけどう？　惚れちゃいそう？」

「どれだけひなみさんのことを自慢したいんですか……」

「そりゃー、あんな良い子に育ったら、自慢したくなっちゃうよ。それでそれで？　本心ではどうよ？　うちの娘は涼君の恋愛対象に含まれる？　好みのタイプと一致する？」

「そ、それはですね……」

必死に目を泳がす俺。それに対し優姫さんは目をキラキラ輝かせながら、熱い視線を送る。

に、逃げられねぇ。これ絶対に逃げられないだろ！

「どーよどーよ？　ひなみのことどう思います？　答えてほしいなー。夕飯代の代わりとして」

いや、確かにご飯をただで食べさせてもらうわけだから、お礼とかしないといけないけどさ……。

その代償がこれかい！　ちくしょう！　ここはもうやるしかない！

「え、えっと。すごく可愛いと思います。優しくて人当たりも良いし。完璧ですね」

俺がそう言うと、ピカーンと、優姫さんの背後から喜びに満ちた謎の光が発せられた。

うわ眩しい！　この光とその笑みは何!?　どれだけ嬉しいの!?

今なら見える。優姫さんの周りに、『嬉しいー！』『わーいわーい！』的な感じの文字があるのが見える。

「そう言ってもらえると嬉しいね！　涼君は良い目を持っているよー。本当ひなみは自慢の娘だからねー。長女があれだけしっかりしていて面倒見も良いから、次女の美波、三女の蜜柑も良い子に育ってくれたよ」

「そうですか。喜んでもらえて何よりです……」

その後も、俺と優姫さんは雑談を交えながら適当に時間を潰した。

最近の学校生活のことや、明日の体育祭について。また林間学校のことなど。

そしてひなみたちがお風呂に入って二十分ほどが経った頃。

事件は起きた。

「マミー！　お風呂出たよー！」

蜜柑ちゃんの陽気な声が家の奥から聞こえる。

廊下を走っているのかな？　ドンドンと床を強く踏みつける音がだんだんと近づいてく

る。

「マミー！　見て見て！」

蜜柑ちゃんはそう言いながらリビングに、つまり俺と優姫さんの前に嬉しそうに姿を見せた。

お風呂上がりの蜜柑ちゃんを見た瞬間。俺は思わず言葉を失った。

何故なら彼女は……。

「ひな姉のパンツで仮面ライバーの物真似！　似ているでしょ！」

真っ白なパンツを頭から被り、戦隊ヒーローのようなポーズを決めながら、俺達の前に姿を見せたのだ。

言葉通りなら、今蜜柑ちゃんが被っているパンツは……ひなみの物になる。

女子高校生がはく真っ白なパンツを、四～五歳の純粋無垢な女の子が被っているのだ。

な、ななんてコメントすればいいんですかこれっ⁉

見てはいけない物を見てしまったぞ！

俺は顔が熱くなりながらも、すぐに両手で目を塞ぎ、見ないようにした。

ちなみに蜜柑ちゃんが言っていた『仮面ライバー』とは、若者向けのドラマである。

とある事情でお金が必要となった男子高校生が、学校にバレないように仮面をつけながらライブ配信を行う話だ。

結構視聴率が高く、最近学生の間で話題になっている。恐らくひなみがリビングで見ていた時に、偶然目撃してしまったんだろう。

まだ蜜柑ちゃんは幼いからすぐ好きなものを真似したくなる。だけどひなみのパンツで再現することはないだろ……。もうちょいマシな物でやってくれよ。

そう思っている時、『ドッドッドッドッド！』と、ものすごい勢いでこちらに近づく足音が聞こえてきた。

かなり焦っているのか、床を強く踏みつけているのが分かる。

そしてリビングに着いた途端。

「あー！　コラッ！　何しているのよもう!?」

仮面ライバーの次はひなみの怒号が飛んできた。

俺は両手で目を押さえているが、少しだけ隙間を開けて、覗くように蜜柑ちゃんがいる方を見た。

するとそこには……。

パンツを被った幼女と、タオルを全身に巻き、濡れた髪を乾かさないでここへ来た『千年に一人の美少女』がいた。

ひなみの体は風呂上がりのためか肌がほんのりとピンク色になっていた。さらに濡れた髪先からしずくが床に落ちている。

ほんのり赤く染まった肌に濡れた髪。ボディーソープの香りがフワッと鼻を刺激してくる。

そして風呂上がりの女子高校生がタオルたった一枚だけ巻いている。

いかん。これ絶対ダメなやつ！　このまま直視していたら絶対理性が壊れるやつだろ！

無理無理！　こんなの男を壊す兵器でしかないだろ！

俺は己の理性が崩壊する危機を感じ、すぐさま隙間をなくし目を瞑った。

「何でタオル一枚だけで来るんだひなみ!?」

「ご、ご、ご、ごめん涼君！　蜜柑が急に飛び出しちゃったからつい慌てて！」

「とりあえず早く蜜柑ちゃんを部屋に！　この状況はアウトだろ！」

「す、す、す、すぐに連れてくね！　本当蜜柑が変なことして！　本当にごめんなさい！」

ひなみはそう言っていたが、恥ずかしかったのかかなり言葉が乱れていた。

「ほ、ほ、ほら蜜柑っ！　早く私の部屋に行くよ！　もう仮面ライバーの物真似は終わりだからっ！」

「えー。いいじゃんー。仮面ライバーの物真似面白いのにー」

「いいからっ！」

「やーだー！　マミー！　たーすーけーてー！」

その言葉を最後に、蜜柑ちゃんとひなみの気配がリビングから消えた。そして二人が家の奥へと歩く音が聞こえた。

お、終わったのか……。

「優姫さん。蜜柑ちゃんって本当に良い子なんですか⁉」

「ま、まあ蜜柑はまだ幼いからね。本当は良い子なんだけど、時々予想外の行動をするんだ。でも本当は良い子だから……。あはははは」

なんか……。ひなみの家族って色んな意味で個性が強いな。

「おおー。この紅茶美味しい。ひなみ、初めてこんなに美味しいの飲んだよ」

「よかった！　この紅茶私のお気に入りなの。美味しいよね！」

俺はフローラルな香りを味わいながら、少しずつ胃の中に紅茶を流し込んでいく。

優姫さんが作ってくれた夕飯を食べ終え、今はひなみと共にソファーに座りながら休憩をしている。

先ほど優姫さんから『紅茶を飲んでゆっくりしていて』と、普段飲むことはできないであろう、お高い紅茶を頂いた。

フローラルな香りと口に含んだ時の独特の甘さに、俺はすっかり気に入ってしまった。

優姫さんは食器などを洗っており、一方蜜柑ちゃんは何故かルンルン気分になりながら、リビングを出ていった。どこに向かったのかは分からない。

夕飯を頂いたので洗い物など手伝いたかったが、優姫さんに追い返されてしまった。

お客さんにそんなことはさせられない。ゆっくりしていってくれ。だそうだ。

ちょっと申し訳なさを感じつつも、お言葉に甘えて、ソファーで今日の疲れを取ることにした。

このソファー、すごく座りやすくて心地よい。なんだかこのまま眠れそうだな。

すると、隣に座っているひなみが体をモゾモゾ動かし、チラチラと俺に目を何度か向けた。

何だ？　何か恥ずかしがっているような感じだな。

「あ、あのりょ、涼君……。さっきのことなんだけど……」

「さっきのこと？」

「う、うん。蜜柑のことだけど……」

「ああ。そのことか。誰にも言わないし、俺は特に気にしていないから安心して」

「ほ、本当？」

「うん。急だったからビックリしただけだよ。俺は別に平気」

「そ、そっか。よかった。ちょっと安心」

ひなみは口角を上げ、少しだけ雰囲気が明るくなった。

蜜柑ちゃんによる突発的なイベントのせいで、色々と振り回されたけど、まあ何というか。

ひなみの家族って、すごく仲が良いんだなって思った。

だから別に嫌な気は全くしていない。むしろちょっと楽しめたかもしれない。

「ひなみの家って、なんか毎日が楽しそうだよな」

「そうかな？　これが普通だけど」

「賑(にぎ)やかでいいな。俺なんて妹から冷たい対応されているし」

「えー！　そうなの!?　何か喧嘩(けんか)でもしたの？」

「別に。兄妹(きょうだい)関係なんて、だいたいそんなもんだろ」

「そうなんだね。ちょっと意外だな。私が涼君の妹だったらすごく頼りがいがあるのに」

「え？　そうかな？」

「涼君はすごく頼りになるよ。一緒にいると安心するもん」

ひなみは目を輝かせ、毛先をクルクル丸めながら、そう言った。

なんか、ちょっとそのセリフは嬉しいな。俺は思わず一人ニヤニヤし始めた、その時だ。

「えー、皆さん。あそこにいる若い男女ですが、なんと婚約関係にあるそうです！　今回は若いふーふに密着取材をしたいと思います！」

俺達のすぐ目の前に、おもちゃのマイクらしきものを片手に持った蜜柑ちゃんがいた。

何だ、これ。今度はインタビュアーの真似事か？

さっきルンルン気分でリビングを出ていったのは、マイクを取りに行くためだったのか。

蜜柑ちゃんはキラキラした眼差しを向けながら、俺の方にマイクを向ける。

「ではまず、未来のお婿さんにご質問ですっ！」

うん。お婿さんじゃないけどな。

「ひな姉のどこを好きになりましたか？　ご感想をどうぞ！」

「蜜柑！　また変な遊びに涼君を巻き込まないの！」

ひなみは蜜柑ちゃんに注意をするが、それでも喋るのをやめない。

「なるほど、なるほど。どうやらふーふは仲が大変よろしいようです！」

今の話の流れから何故そう感じたんだ？　まだ何も言ってないんだけど。蜜柑ちゃんの脳内はどうなってんの？

「では続いての質問です！　ひじきは好きですか？」

「「今度は何で急にひじき⁉」」

俺とひなみの言葉が重なる。

ダメだこりゃ。蜜柑ちゃんの思考が全く分からない。もしかして好きなのか？

「ちなみに、あたちは嫌いですっ！」

「「ならなおさら聞いた意味が分からない！」」

　本日二度目のツッコミを同時にする俺とひなみ。

　これでようやく分かった。蜜柑ちゃんは絶対天然だ。クラスに一人ぐらいはいる、何考えているか全く分からないタイプの子に育つ！

「なーに意味の分からないこと聞いてんのよ、蜜柑」

　片づけを終えた優姫さんが、蜜柑ちゃんのすぐ傍まで寄り、ポンッと優しいゲンコツを入れる。

「あ、マミー。未来のふーふにインタビューしてるー」

「なら何で意味の分からない質問してんのよ。もうちょっとマシな質問をしなさい」

「えー、それだとつまらないー」

「蜜柑は本当謎よね」

　優姫さんは深いため息をついた後、話し相手を蜜柑ちゃんから俺に切り替える。

「涼君、そろそろいい時間になるし、最寄り駅まで車で送っていこうかい？　帰りが遅いと親御さんも心配だろうし」

　俺はスマホを取り出し、現在時刻を確認する。

　すると、いつの間にか二十一時を過ぎていた。

　もう少しゆっくりしたいけど、これ以上長くいたらひなみ達も落ち着かないだろうな。

「そうですね。そろそろ家に帰ります。美味しいご飯ありがとうございました」

「うん。またいつでもうちに遊びにおいで。大歓迎するよ。ほら蜜柑。お別れだよ。こういう時はなんて言うんだっけ？」

優姫さんの言葉に、蜜柑ちゃんはニッコリと笑いながら手を振り始めた。

「バイビー涼兄！　また今度遊ぼうねー！」

可愛いな、本当小さい子は。純粋で元気いっぱいで、そして笑顔を見ると自然と癒やされる。

「うん。じゃあね蜜柑ちゃん。また今度」

「あいっちゃ！」

「ひなみ、今日はありがとうな。楽しかったよ」

「うん！　私もすごく楽しかった！　久々に落ち着いてお話ができてよかった！　明日の体育祭、絶対に楽しもうね！　思い出沢山作ろうね！」

ガッツポーズをしながら、ひなみの目は笑っていた。楽しそうに、嬉しそうに笑っていた。輝いていた。

この笑顔を見れば、どれだけ楽しみにしていたのか。どれだけ待ち望んでいたのかが分かる。

「そうだな。一緒に楽しもうな。じゃあまた明日」

「うん！　また明日ね！」

ひなみのこの言葉を最後に、俺は九条家を出て車に乗った。

ひなみ達と別れ、優姫さんが運転する車に乗り込んで十分ほど。

俺は優姫さんの隣、つまり助手席に乗っているのだが、特に話はしなかった。

先ほどまでは表情が明るかったが、運転中の優姫さんは結構真面目で真剣な顔つきになっていた。

辺りは真っ暗だから急に人が飛び出してきたら、ぶつかる危険がある。だから顔つきが変わっているのだろう。

俺はそう考え、特に話はしなかった。

その代わりにラジオが俺と優姫さんの間に入って、ずっと話をしてくれた。最近人気になっている芸能人が、ここ最近の事件や出来事、時事ネタについて話をしている。

『さて、次の話題ですが、地下鉄通り魔を撃退し、英雄扱いされた謎の少年がついに正体を現したようです！　いやー、やっと出てきてくれましたよね。さらにですね、その少年と、助けられたあの美少女が、合同で体育祭を行うそうです！　こりゃもう運命ですねー。

はぁー。こんな青春を過ごしたかったなー』

英雄――草柳についての話題に入っていた。

草柳が大注目され、それに続くように、ひなみにもスポットライトが当たっている。

本当酷い展開だ。しかも草柳は偽物だし。むしろ悪役だ。女を体でしか見ていないクズ野郎だ。

「草柳か……胡散臭い奴だよ、本当」

「え？」

俺が心で思っていることが、つい無意識に口から出てしまったのかと思った。

しかし、言ったのは俺ではなく、まさかの優姫さんだった。

ひなみの母親からすれば、娘を助けた草柳はヒーローだ。好感度は高いはず。そうでなきゃおかしい。

なのに何でだ？

何で……胡散臭い、なんて言葉を言ったんだ？

その疑問を優姫さんにぶつけてみると、こう返ってきた。

「胡散臭い理由ね……。確かに草柳は英雄だよ。私の娘を助けてくれたからね。でもどうしてだろうか。何故か信用しきれないんだ。何か違う気がするんだよね」

「違う気がするっていうのは、どういうことですか？」

「今は専業主婦として生活をしているけど、昔はそれなりの企業で働いていたんだ。色々な人とビジネスをしたし、人事の仕事も経験した。だから私のセンサーがこう言っているんだ。偽物だってね」

優姫さんは真っ直ぐ前を見たまま、真剣な表情で続ける。

「思うんだ。どうして通り魔から助けたのに、今まで名乗り出なかったのか。私の推測だけど、助けた男子学生には、他に優先したいことがあったから名乗らなかったんじゃないのかな。全国的に有名になりたいわけじゃない。そしてそれは今後とも変わらないと思う。だってニュース番組であれだけ騒がれて、さらに可愛い私の娘を助けたんだ。普通なら名乗り出るはずだ」

何て推理力だよ……。古井さんに負けず劣らずの考察力だ。

本当に会社員時代は優秀な人だったのかもしれない。

優姫さんの言う通り、俺が名乗り出ないのには二つわけがある。

一つは、平穏な学生生活を送りたいから。

そして二つ目は、かつて救えなかった親友の影響がある。

大切な人を守れなかった俺なんかが、英雄呼ばわりされるのは間違っている。

「こんなことを言うってことは、捻くれているのかもしれないね。でもひなみの母親として、引っかかるものがある。だからきっと、草柳は偽物かもしれない」

言いたいことを言いきった優姫さんは、雰囲気を変えようと思ったのか、俺に笑顔を見せた。

「ごめんね、こんな話をしてしまって。でもどうしても君には話しておきたかったんだ」

「え？　俺に？」

「うん。草柳よりもよっぽど君の方が信用できるよ。いつもひなみは君の話をよくしているからね。あの子があんなにも楽しそうに異性の話をするのは、久々に見たよ。どれだけ君のことを信用しているのかが分かる。それに今日話してみて分かった。君は……言葉にできないけど、信用できるよ」

優姫さんがそう言った直後、信号が赤になったため車は止まった。

それと同時に、優姫さんの表情はどこか不安そうに変わっていた。

深いため息の後、優姫さんはフロントガラスから夜の星空を眺め始める。

「でもここ最近、ひなみには最近迷いが生じている」

「迷い、ですか？」

「うん。前までは気になっている人がいたんだ。だけどその人と自分の友人が、運命的な再会をしていたことを最近知ってしまったんだ。せっかく再会できたのに、自分が割って入ってもいいのか。二人の関係性を邪魔していいのか。そう悩んでいる時、草柳が現れたんだ」

「じゃあひなみに迷いが生じているっていうのは……」

「お察しの通り、草柳か、それとも元々気になっていた人かで、揺れているんだ。よくひなみは私に悩みを話してくれるからね。だから娘の恋愛がちょっと心配なんだ。気持ちは変わりつつあるのは事実。だから心配だよ」

優姫さんの言葉に、俺は返す言葉がなかった。

そうだったのか。全然気が付かなかった。ひなみが自分の恋愛で悩んでいたとは……。

運命的な再会を果たした二人の間を邪魔したくない。でも、好きという気持ちは捨てたくない。

そう悩んでいる時に草柳が現れた。

草柳がこのタイミングで現れたから、ひなみにとって運命的な再会となっている。

何だこの展開は。タイミングが悪すぎる。

俺からしたら最悪じゃねぇか。勝手に名乗り出られて、さらに友達が騙されそうになっているわけだし。

「そこでなんだが。君にお願いしたいことがあるんだ。聞いてくれる？」

「お願いしたいこと？」

俺が聞き返すと、優姫さんは星空を見ながら黙り込んだ。そしてラジオの音声だけが少しの間流れた後、静かに口を開いた。

「今後とも、ひなみを支えてくれるかい？」

「え？　俺が？」

「うん。ひなみは真面目で純粋で他人想いで、それでいて誰よりも優しい。娘として本当に心の底から自慢できる。だからあの子が傷つくようなことは親として見過ごせない。もしそうなったら、少しでもいいから、あの子を支えてほしい」

「草柳じゃなくて、俺が……」

「ひなみがここまで信用している異性は中々いないんだ。だから君にお願いしたい。私も今日話して、信用できると思ったんだ。高校生の間だけでも、あの子を頼むよ」

優姫さんの顔は……真剣な表情だった。

冗談で言っていないのが、優姫さんの目から伝わる。心の奥底にまでさっきの言葉が響いてくる。

俺の正体には気が付いていないと思う。それでも俺にそうお願いしてくるということは。

本当に信用してくれているんだ。

ひなみは良い意味でも悪い意味でも有名になってしまった。

この先いつ変な奴に狙われるかなんて、この情報化社会では予想なんてできない。

もしかしたら、こうしている間にも誰かに狙われているかもしれない。

全国的に有名になってしまった代償はデカい。

だから優姫さんはひなみのことが心配なんだ。他の子も大切だけど、女子高校生のひなみが一番心配なんだろう。

草柳のような性的な目的で近づく奴はこの先沢山現れる。

だから……。

信用できる人がひなみの傍にいてほしい。きっと優姫さんはそう考えているんだと思う。

優姫さんが言った直後、先ほどまで赤だった信号が青に変わる。

他の車が動き始め、優姫さんもアクセルを踏む。

俺は中学の時虐(いじ)めから大切な人を守ることはできなかった。こんな俺が英雄扱いされていいはずない。

それでも、俺が苦労して救える未来があるのなら。

助けることができる人がいるのなら。

俺は……迷わずその道を選ぶ。

「大丈夫ですよ。初めからそのつもりです」

俺の言葉を聞き、優姫さんは少しだけ口角を上げた。どこか嬉しそうに、安心した様に。

アクセルを踏み、車道を走りながら優姫さんは、

「そうか……。ありがとう、涼君」

静かにそう呟いた。

その後俺は最寄り駅まで送ってもらい、帰宅した。

俺は風呂に入る前に、古井さんとの約束を思い出し、さっそく電話をかけた。

すると、三コールもしないうちに、古井さんは電話に出てくれた。

「もしもし。古井です」

「ああ、古井さん。俺だよ。慶道だ」

「随分と時間かかったのね。こんなに夜遅くまで何していたの？」

やっぱり気になりますよね……。古井さんが予想していた時間より、だいぶ遅くなってしまったし。

ひなみの家でご飯を食べてゆっくりしていました、なんて死んでも言えん。

もし言ったら、『よくも私を待たせてくれたわね』、『なるほど。つまり私との約束をすっぽかして、呑気にひなみの家でくつろいでいたと？』という感じで詰められそうだ。

「ま、まあちょっとやることを片づけていただけ。家のね」

「ふぅーん。何か怪しいけどまあ深掘りはしないでおくわ。買い出しは大丈夫だった？」

「何とか草柳とひなみを二人っきりにするのを阻止したよ」

「そう。それならよかったわ。ごめんなさいね、ちょっと用があって協力できなくて」

「古井さんがいてくれた方が助かったけど、何とかなったし気にしないで」

「そう言ってもらえると助かるわ。本当ありがとうね」

「別にいいって。あ、それで古井さん。作戦の方はどう？」

「バッチリよ。今から説明するから、しっかり頭に叩（たた）き込みなさい。まずは借り者競争の作戦なんだけど……」

その後、俺は古井さんから作戦の全てを聞かされた。

草柳がどう動くのか古井さんなりに予測し、それを阻止する策全てを。

明日の体育祭の結果で今後が決まる。

第十四話 ― 体育祭

夜が明けて、ついに体育祭当日となった。

本日の天気は雲一つない青空が、遥(はる)か彼方(かなた)まで続いている。

肌が真っ黒になりそうな熱い日差しに、ジメジメとした熱さが地面から伝わってくる。

現在、体育祭の開会式が行われており、星林(せいりん)高校のグラウンドにはびっしりと両校の全校生徒が並んでいる。

今年の体育祭は姉妹校との合同で行われるという、前代未聞の展開だ。

体育祭は白組と赤組に分かれており、俺とひなみ達は同じ白組。一方草柳(くさやなぎ)は赤組となっている。

勝敗はどちらの組の点数が多いかで決まる。また、勝った組の中からＭＶＰが選出され、選ばれた人はこの後行われる後夜祭で踊る人を指名できる。

草柳とひなみをカップルにしないためにも、何としても草柳には負けるわけにいかない。

『それでは次に白組、赤組代表の方、よろしくお願いします』

体育祭実行委員会本部から司会担当の女子生徒の言葉が聞こえると、ひなみと草柳がゆっくりと歩きながら全校生徒の前に出る。

二人並んで、用意されていたマイクの前に立ち、息を揃える。

「宣誓！　僕達！」

「私達は！」

「スポーツマンシップにのっとり！」

「最後まで諦めず正々堂々と戦うことを」

「「今この場で誓います！」」

ひなみと草柳が言い終えると、グラウンド全体から拍手が沸き起こる。

二人は大勢の人達から注目される中、ゆっくりとそれぞれの持ち場に戻り始める。

本部のテントにいる司会進行役はそれを確認すると、そのままＭＶＰなどについてのルールを話し始める。

『お二人共ありがとうございました！　それでは続きまして、ＭＶＰと後夜祭についてご説明します。審査員を担当する教職員十名の投票で、優勝チームの中から最も活躍したと思われる生徒一名をＭＶＰとして表彰します！　さらに！　ＭＶＰには後夜祭で一緒にダンスを踊る相手を指名できる権利を進呈します！　一体誰が選ばれるのか楽しみですね！』

ＭＶＰの説明が終わると、グラウンド全体が一気にざわつき、隣同士で何か話し出した。

よく耳を澄ましていると、こんな言葉が続々と耳に入ってくる。

「ＭＶＰかー。一年の草柳って奴が有力候補だよなー。あいつカッコいいし運動もできるし」

「もし私がＭＶＰに選ばれたら、絶対草柳さんを指名しちゃう！」

「草柳は人望が厚くてさらに英雄でもあるからなー。ＭＶＰはあいつで間違いない」

相変わらずの人気だな、草柳の奴。

自分を応援してくれるファンの声を聞いて、ドヤ顔でもしてんだろうな。

注目されているからこそ、活躍した時のリターンは大きい。一気に審査員の印象に残ることができる。

どうにか草柳が活躍しないように俺と古井さんで色々と動かないと、大変なことになるかもしれない。

上手く作戦通りに動いてくれることを願うしかない。

「ねね、涼。ＭＶＰ誰が選ばれるかな？」

俺が草柳について考えていると、隣に立っている友里がこっそりと俺に話しかけてきた。

「選ばれる人か……」

友里の質問に対し、俺は答えをすぐに出せなかった。何せ今までずっと草柳を妨害することだけを考えてきた。

あいつが選ばれなかったとしたら、他に誰が……。

頭を捻るが、答えは一向に出てこない。

「まあ、俺は誰が選ばれても別にいいかな」

俺は適当なことを言い、友里に返事をする。

草柳以外なら誰でもいい。もしそう言えば友里に怪しまれてしまう。

波風を立てないでやり過ごすのがベストだ。

「ふ～ん。そっか。まあＭＶＰなんて涼は気にするタイプじゃないよね」

「だな。俺が選ばれることはないだろうし」

「で、でもさ。後夜祭はどうするの？」

「え？　後夜祭？」

しまった。後夜祭に参加することを、すっかり忘れていた。

そういえば、体育祭が近づくにつれてペアを決める人が、周りで多くなっていた気がする。

俺としたことが……。いや、よくよく考えれば俺と踊ってくれる人なんていなくないか？

あれだな。きっと陽キャの集団が楽しそうに踊っているのを見ながら、一人虚しく夕日でも眺めるんだろうな……。それに後夜祭は強制参加ではなかった気がする。

つまらなかったら、一人帰宅するのもありだな。

「涼はさ。ペアとかいないの？」

「い、いないな……。すっかり忘れていた」

「そ、そうなんだ。じゃあさ涼。もし良かったらなんだけど、私と——」

友里が何か言いかけたその時だ。

『それではこれより！　星林高校と時乃沢高校による合同体育祭を始めたいと思います！皆さん精いっぱい頑張りましょう！』

ざわつき始めた生徒達の言葉をかき消すほどの大声量が、キーンッと鼓膜を刺激した。騒がしくなり始めたから、意図的に音量を上げたと思う。しかし、それにしても大きすぎるだろ……。

「凄い音量だったな。あ、さっき何か言いかけてたけど」

「ああ、ううん。気にしないで！　また後で言うよ！」

友里にそう言葉をかけたのだが、耳を少し赤くしながら、プイッと顔を逸らされてしまった。

何だ？　今何を言おうとしたんだ？

もしかして俺と一緒にダンスを……。

いや、そんなわけない。相手は友里だ。きっとペアが既に決まっているはずだ。

おそらく『私がペアを探すの手伝ってあげようか？』的なことを言おうとしたのだろう

な。

「お、おう。そっか。じゃあまた後で。俺は最初の種目に出るからさ」

「うん！　頑張ってね！」

その言葉を最後に、俺は友里と離れ、それぞれの持ち場に向かった。

俺は最初の種目に参加するため、応援席には戻らずそのまま待機場所へと向かう。

だがその途中、ポケットに入れておいたスマホに、

『準備完了。思い切りやりなさい』

というメッセージが送られてきた。

誰が送ってきたかなんて、一発で分かる。古井さんがどうやら予定通り準備をしてくれたみたいだ。

もし全て上手くいけば、草柳を封じ込める。

『さぁー！　皆さん大変お待たせしました！　ついに借り者競争が始まります！　時乃沢高校と星林高校合同体育祭最初のプログラム！　果たして結果はどうなるのでしょうか!?一年生男子の部、選手入場です！』

実況者の言葉と共に、軽快な音楽が流れ始める。それに合わせ、出場選手は列を乱さず歩幅を合わせながら進行する。

「頑張れ一年生！　赤組になんか負けるな！」

「白組男子ー！　応援しているよ！　ファイトー！」

「一年生！　良いところ見せてやれ！」

応援席のあちこちから、こんな声が沢山聞こえてくる。特に体育祭応援団の方達は、激しく踊りながら必死にエールを送っている。

この借り者競争という種目は、競技者が箱の中から一枚の紙を選び、そこに書かれている特徴と一致する人を見つけ出して、指定された方法で共にゴールしなければならない。

注意したいのは、ゴール方法を指定されている点だ。

ただ単純に当てはまる人を連れてくるだけでなく、条件を満たしてゴールできるかも考えないといけない。

どんな指定がくるかは分からない。非常に厄介だ。

また、一度借りられた人は、今後のレースには出られない。つまり、一度お題として出たら、もう出場できなくなる。

この種目では同じ組の人を借りてゴールした場合、順位得点にプラス十点加算される。

逆に相手の組の人の場合は半分の五点しか足されない。

同じ組同士でゴールすれば得点はかなり増えるが、ルール上相手の組の人を選んでも問題はない。

この借り者競争だが、一年生男子の部には俺と隣を歩く草柳が参加する。

「キャー！　草柳さんだ！　頑張って下さい！」

「頑張れよ英雄！　期待しているぞ！」

「草柳さーん！　とってもカッコいです！」

草柳の応援が凄いな。エールがあちこちから湧いて出ている。特に女子から。

草柳は偽物だがテレビでも大注目されている、爽やかで高身長イケメンだ。ファンがいないわけがない。

草柳は応援してくれているファン達に手を振りながら、俺の隣を歩く。

完全に光と影だな、こりゃ。草柳が光で、俺がその影みたいだ。

「やぁー、困ったね。こんなに注目されたら、ちょっと緊張するよ」

「まあ良いことなんじゃないのか？　期待されているわけだし」

「これだけ多くの人から大注目されていると、どうしてもね。でも、この借り者競争では何があろうと僕が勝つ。君には負けないよ、慶道君」

草柳は挑戦的な目つきで俺を睨みつけた。

「ああ。俺も負けないから」

「望むところだ、慶道君」

草柳は最後にそう言うと、ズボンのポケットに手を入れたまま、自身のレーンに向かった。俺もその後に続く。

ちなみに、俺と草柳のレーンはすぐ隣だ。何かと草柳と距離が近い。

『さぁー！　第一種目の借り者競争がいよいよ始まります！　最初の種目というだけあって、かなり注目されていますね！　ここで始まる前に簡単にルールを解説します！』

そのままルール説明を始める。

『この借り者競争では二十メートルほど走りますと、各レーンに一つずつ箱が置かれています！　その箱の中からお題が記載されている紙を一枚取り、それに合う人を応援席から見つけてきてください！　ペアが見つかり次第再びお題を引いた場所に戻って頂き、ゴールを目指してください！　ただし！　指定された方法でゴールしなければならないので注意です！』

ルール説明の途中、俺は隣に立っている草柳をチラッと見た。

多くの人に英雄として注目され、応援されている草柳の顔は……。

どこか勝利を確信している様な顔つきだった。そして応援席で友里、古井さんと共に座っているひなみに熱い視線を送っていた。

この勝負は俺の勝ち。この体育祭のＭＶＰに選ばれるのはこの俺だ。

SEIRIN

そう言っているように見えてしまう。

本性を知っているからこそ、俺は草柳が今何を考えているのかが何となく分かる。

『準備が整いました！　いよいよ借り者競争の始まりです！　位置について。よーい』

実況者の言葉を聞き、一気に鼓動が速まる。

いよいよ始まる。ヤバい、ドキドキしてきた。成功するか分からないが、全力を出すしかない。

俺は腰をグッと落とし、両手を強く握りしめながら構える。隣にいる草柳も表情を変えないまま、俺と同じように構えていた。

数秒の沈黙後。

『パンッ！』

ピストルの音と共に、借り者競争がスタートした。

俺は緊張のせいでやや出遅れてしまったが、それでもお題が入っている箱に向かって一直線に走り出す。

全力で手を振り走るが、その一歩先を草柳が走っている。

全力で走っている草柳の姿に釘付けになったのか、

「草柳さーん！　頑張れっ！」

「おお！　期待の新人、草柳が一歩リードしているぞ！」

「きゃー！　草柳さんカッコいい！」

応援席から草柳だけに集中した声援が、至る所から耳に入ってくる。

完全に学校のアイドルじゃねぇかこれ。何か腹が立つ……。

他の走者が今どこにいるのか分からないが、俺の視界に映るのは草柳の背中ただ一つ。

スタートダッシュは草柳が一歩リードしたか。だが焦るな。勝負はまだこれから！

俺は草柳を追い越そうと必死に走り続ける。だがどうしても追いつけず、先にお題が入っている箱に到着したのは草柳だった。

『一番で到着したのは英雄草柳選手だぁぁー！　一体どんなお題を引くのか楽しみです！　おっと！　やや遅れて慶道選手も到着したぁぁー！　速い！　この二人かなりのスピードがあります！　一体どちらが勝つのか！』

草柳は箱の前に立ったまま、遅れてきた俺に目を向ける。

「慶道君、意外と足が速いんだね。あまり距離を離せていなくてビックリだよ」

草柳は俺のスピードに少し驚いていた。草柳は心の中で俺のことを陰キャだと認識している。だからこの状況に驚きを隠せなかったんだろう。

こちとら全く運動ができないわけじゃないんだよ。

「でも、この勝負は僕が勝つ。君には負けないよ」

草柳はそのままお題が入っている箱に、手を握りしめながら突っ込もうとした。

その瞬間、先ほどまで己の勝利を確信していた草柳の表情が……。

たった今崩れた。

予想外のことが起きたせいか、頭が混乱し体が動かなくなっている。

「バ、バカな……。何で……。箱の中に入っている紙の色が違う！」

やはり読み通り、だな。

俺は隣で不安そうな表情を浮かべる草柳を見て、改めて古井さんの読みが当たっていたことを確信した。


昨日の電話で、古井さんは借り者競争の作戦について、こう説明していた。

「いい？　草柳は借り者競争に出場して、何かしらの手を使いひなみをお題として連れていこうとする。必ず不正をするはずよ」

「その可能性は高いけど、でもどうやって不正をするんだ？」

「恐らく、箱に入っている紙と同じものを予め（あらかじめ）用意し、手に握ったまま走ると思うわ。用意した紙に、ひなみに直結するお題を書いていると思う」

「なるほど……。確かに事前に仕込んだ紙を使えば、ひなみと一緒に借り者競争に出ることができる」

借り者競争では、箱の中からお題が書かれた紙を、ランダムで一枚選ばなくてはならない。

誰が何を引くのかなんて、その時にならないと分かるわけがない。

だが草柳は事前にお題が書かれた紙を用意し、それを箱から引いた様に見せるつもりだ。

これなら、確実にひなみと共に競技に参加でき、さらに不正もバレにくい。

「ええ。恐らくその可能性が高いわ。敵同士とはいえ、一緒に種目に参加して距離を一気に縮めるつもりよ」

「じゃあそれをどう防ぐか、だな。俺が草柳よりも早くひなみを連れていけばいいのか？」

「それだと、草柳が君よりも圧倒的に足が速かったら手の施しようがない。君が彼より足が遅くても、妨害できる作戦じゃないといけないわ」

「うーん。他に何があるかな……」

考えたが何も思いつかない俺に対し、古井さんはまるで悪戯を企む悪ガキの様にクスッと笑い声をあげた。

「ふふ。簡単よ。そもそも用意した紙を使えなくさせればいいだけの話。箱の中に入っている紙は普通の白色。体育祭実行委員でもある草柳本人は、事前にそのことを知っているはずよ。だから直前で色を変えてしまえばいい」

これが古井さんから聞かされた借り者競争の作戦内容だ。

各レーンの途中にはお題が入った箱が置かれている。通常であればその箱の中に入っている紙の色は白。それに合わせて草柳も用意していたはずだ。

だがレース直前で、古井さんが箱の中に入っている紙の色を全て変更した。

色付きの別の紙にお題を書いて、中身を入れ替えたのだ。

箱の中身と違う紙を取り出せば、一発で不正をしたことがバレる。草柳が用意した紙は使えないわけだ。

さっきのメールもこの時のためだ。さすが古井さん！

「ま、まさか直前で紙が変わっているなんて……。クソッ！　何で！」

歯を食いしばっている表情を見ると、相当ストレスになっているみたいだ。

作戦が成功したことで、とりあえず草柳の不正は阻止できた。これでひなみと共に競技に参加するのは難しくなるだろう。

焦る草柳の隣で、俺はホッと一安心しながら箱の中に手を入れる。

後はこのまま一位になれれば、それで俺の勝ちだ。

俺は箱の中から一枚適当に手に取り、そのまま広げて中に書いてあるお題を確認した。

するとそこには。

『お姫様抱っこができる女子を連れて、そのまま抱えながらゴール』

そう記載されていた。

この文字列を見た瞬間、俺は開いた紙を両手でパタンッと閉じた。

あー、いかんいかん。こりゃ疲れているんだな。きっと俺の目が疲れて、変な風に文字を認識しているんだな。

きっとそうだよな、これ。絶対にそうですよね。

俺は変な汗を額から流しながら、もう一度紙を開き記載されている文字を見た。

するとやっぱり、

『お姫様抱っこができる女子を連れて、そのまま抱えながらゴール』

と、書かれていた。

…………。

何てお題を引き当ててしまったんだぁぁぁ!?

これだけの大勢の前で、お姫様抱っこをしろだと!?　無理すぎるだろ！

い、いやでもそう文句は言ってられない！

グズグズしていたら草柳に先を越されるかもしれない。偶然でもこんなお題を引き当ててしまったんだ。

ちくしょう！　やるしかない！　まずお姫様抱っこできる女子を探さないと！

えっと……。

俺は少し頭を回転させ、このお題にピッタリな人を想像する。すると何故だか分からないが、真っ先にひなみが思いついた。

確かにひなみならお姫様抱っこできる。

いや、これだけの人に見られている中、ひなみを連れ出すのはさすがに厳しい。

ここはあの三人の中で背が低い古井さんにしよう。多分一番軽いだろうし。

あー、もうやるしかない！

俺は紙をギュッと握りしめながら、応援席へと走り出す。

『おーっと！　一番に動いたのは慶道選手だ！　一体どんなお題を引き、誰を連れてくるのでしょうか!?　ドキドキです！』

走り始めると、気持ちを切り替えたのか、草柳も跡を追う様に動き出した。

『トップで箱に到着した草柳選手と慶道選手が応援席へと向かう！　どんな人を連れ出すんだ！　あ、おっと！　慶道選手！　応援席の最前列の前に立ったぁぁぁぁ！』

俺は必死に応援していたひなみと友里、そして古井さんの前に到着した。

俺は息を切らしながら、古井さんに目を向けて、手を差し伸ばす。

「悪い古井さん。お姫様抱っこができる女子を連れていかなきゃならないんだ。来てくれ！」

と、声をかけるが、

「……。ふーん」

古井さんは何故か無表情のまま俺の顔をボーッと見つめていた。

無感情。そして無反応にほぼ近い。表情筋を一切動かさず、いつも通りの古井さんがそこにいた。

いや何その反応……。

自分がお題として連れていかれるというのに、一切慌てていないなんて。

いやこれは落ち着いているというより、何か別の意図がある感じか？

「ふむふむ。なるほどね。確かにお姫様抱っこができる女子といえば、この三人の中で一番背が低い私が最適でしょうね。まあいいわ。身長が低いという理由で選ばれたのは不快だけど、行きましょうか」

「ありがとう、古井さん！」

古井さんはゆっくりと応援席から立ち上がる。

よかった。お願いした時はまるで興味ありません、的な目を向けられたから困ったけど、参加してくれて助かった。

そう思っていたのだが。

俺はこの後すぐに思い知ることとなる。何故古井さんが誘った時に、顔色一つ変えなかったのか。

「さ、行きましょ……。あー。ごめんなさい。今立ち上がった瞬間、立ちくらみがして頭がクラクラするわ。ああ、これは超深刻ね。一緒に競技に出たら絶対体調が悪くなるわー（棒読み）。せっかくの体育祭が途中で早退になってしまいそうだわー（棒読み）。ということでひなみ、私の代わりに出てあげて。よろしく」

「「ええ!?」」

古井さんのとんでも発言に、俺とひなみの言葉が重なる。

何その感情が一つもこもっていない台詞は！

俺に誘われた瞬間から、ひなみにバトンタッチする気満々だったのか。

あんなにも冷静だったのは、この展開を一瞬で考えていたからに違いない。

「こ、こ、こ、古井ちゃん！　い、い、い、い、いくら何でも急すぎるよ！　私、心の準備が！」

「仕方ないじゃない。立ちくらみのせいであんまり動けないんだし。無理して出ても、早退する可能性があるもの」

慌てながらも古井さんに抵抗するひなみだったが、超冷静な古井さんの前では、見事に跳ね返される。

「そ、そ、それなら友里の方がピッタリだよ！　わ、わ、私なんて！」

「友里もいるけど、確か次の種目に出るのよね？」

「え？　ああうん。この後の種目に出るけど……」

「なら体力を温存しておくべきよ。少しでも勝ちに行くには無駄なところで体力を消耗しても意味ないし。だからひなみ。あなたが出てあげなさい。この凡人と」

誰が凡人だコラ。そりゃひなみと比べると確かに凡人だけど。一言余計だ。

「さ、ひなみ。こうしている間にも他の人との差が縮まってしまうわ。早くしないと」

「で、で、で、でも！　わ、わ、私なんかが出たら……。あ、あははは。また来年の体育祭にでも……」

「や・る・わ・よ・ね？」

古井さんはグッとひなみに顔を近づけ、あえて一言ずつ区切って強調する。

傍（そば）で見ているだけでも分かる。今の古井さんからは、何かとてつもない圧を感じる……。

この中で誰よりも身長が低いのに、何故かデカく感じる古井さんに屈服したのか、

「は、はいぃぃぃぃ」

ひなみはそう返事をするしかなかった。

その返事を聞いた古井さんは満足そうな表情を浮かべ、先ほど座っていた椅子に腰を下

ろした。

「よかったわ。じゃあ後のことはお二人に任せましょうか。頑張ってね」

古井さんはそう言いながら、最後に俺にウィンクを送った。

このウィンクを見て、俺は何故古井さんがこんなことを言い出したのか、ピンときた。

この借り者競争は既にお題として連れていかれた人を、もう一度選ぶことはできない。

つまり、今ここでひなみを連れていけば、もう借り者競争に参加することはできなくなる。

草柳の不正を阻止することはできたが、奴(やつ)が次にどんな手を使ってくるか分からない。

もしかしたら、草柳の仲間がひなみに手を出す可能性もある。

だからこそ、お題として今連れていかせようとしているんだろう。

もうちょいマシなやり方でやってくれよな……。文句は言ってられねぇ。気持ちを切り替えよう！

「ひなみ！　来てくれ！　もうやるしかない！」

「ど、どえぇっ!?」

いやなんて返事だよ……。そんなに驚かなくても。

あたふたするひなみだが、それでも俺は手を差し伸べる。

「行こう、ひなみ」

「りょ、涼君。本当に私でいいの？」

「ああ！　やるしかない！」

「う、うん！　分かった。頑張ろう！」

強引だったかもしれないが、俺はひなみの小さく柔らかい手を握りしめ、共に走り始める。

相当恥ずかしいのか、ひなみの手がどんどん熱くなっていくのが伝わる。

チラッとひなみに目を向けると、耳が真っ赤にしながら顔を隠すように下を向いていた。

ごめんよ、ひなみ。こんな大注目される中、連れ出してしまって。

でも草柳から守るためなんだ。我慢してくれ！

俺はひなみの手を握り、そのままお題を引いた場所まで一緒に走り始める。

『ああっと！　慶道選手！　まさかのひなみさんを連れ出したぁぁぁぁ！　借り者競争開始早々、とんでもない展開が訪れる！　果たして慶道選手とひなみさんはゴールできるのか！』

俺がひなみを連れ出したことで、会場が一気にざわついた。

敵味方関係なく、ひなみの手を握る俺の姿を見た人達の色んな言葉が耳に入ってくる。

「おいおい、そこは草柳さんに譲れよ……」

「えー、何あの人？　全然知らないんだけど？」

「誰だよ、あの陰キャは。面白くねぇなー」

否定的な意見ばかりだな、こりゃ。でもしょうがない。こうなるのがむしろ自然だ。ひなみは全国的に有名な美少女。それに対し俺はただの凡人。むしろそれ以下に見えるだろう。

あまりにも釣り合わないこの組み合わせは、周囲からしてみれば不満に感じるはずだ。でもやらなきゃいけない。

穏便に、かつ草柳から守るには、誰かが汚れ役を買って出ないといけない。そうでなきゃ……大切な人なんて守れねぇよ。

「涼君。あんまり良くない言葉が聞こえてくるけど、気にしちゃダメだよ！」

一緒に走るひなみの口から、こんな言葉が出た。さすがにひなみの耳にも届いていたみたいだ。

俺は心配させない様に、ニッコリと笑みを見せる。

「大丈夫だ、ひなみ。俺は気にしてない」

「涼君……」

「でもさ、ちょっと悔しいから見せつけてやろうぜ。俺達が一位になる瞬間を！」

「うん！　そうだね！　一位を目指そう！」

ひなみの元気な声が聞こえた後、俺達はお題を引いた場所に一番で戻ることができた。

借り者競争で連れてきた人と共に、ここからゴールまで走らなければならない。

他の参加者を見ていると、草柳を含む数人がこちらに向かってきている。

うかうかしていたら、抜かされてしまうだろう。

「よし。じゃあいくぞひなみ」

「う、うん」

俺は腰を下ろしひなみの両足と腰に手を当てる。そして一気に力を入れ、そのままお姫様抱っこをした。

その瞬間、俺の腕の中にいるひなみの目が、パッチリと大きく開き、さらに顔全体が赤くなるのが見えた。

すまん……。恥ずかしいだろうけど、我慢してくれ……。

お互い物凄（ものすご）い恥ずかしさを感じながら、それでも一位でゴールするため、俺は全力で走り始めた。

ひなみの柔らかい太ももの感触と、ほんのりと温かい体温、そして香水の匂いに理性がぶっ飛びそうになる。でも、気を逸（そ）らさず、ただゴールだけを見ながら懸命に走る。

『や、や、や、や、やり遂げたぁぁぁぁ！　慶道選手！　ひなみさんをお姫様抱っこして、走り出したぁぁぁぁ！　応援席から嫉妬に狂う男子の目が、まるで暗闇の中獲物を狙うハンターのようにギラついている！　一方、同級生にお姫様抱っこされたひなみさんはというと……。めっちゃ照れている！　可愛すぎる！　私の目には、まるで王子様に抱っこされているお姫様にしか見えない！』

俺はチラッと走りながら応援席の方に目を向けると、確かに嫉妬に狂い、歯を食いしばりながら俺を睨みつける、数多の視線が確認できた。

で、ですよねー。こうなりますよねー。納得できませんよねー。

そりゃ『千年に一人の美少女』をこんな陰キャみたいな俺がお姫様抱っこしていたら、普通腹が立つよな。

だが悪い。俺にだって譲れないものがあるんだ。どれだけ批判されようと、どれだけ陰口を言われようと、今腕の中にいるひなみは、守らなければならない。

恥ずかしさもあるが、それでも好調に走り続ける。

途中誰にも抜かされることなく、残り半分を一位で通過。

このままなら、一位でゴールできる。草柳に勝てる。

そう思った時だ。

『おっと！　一歩リードする慶道選手の後ろに……。我らがスター！　草柳選手ペアが近づいている！　同級生の男子をおんぶしながら、凄まじい勢いで近づいている！　目が、目がとてつもなく熱い！　絶対に負けないという闘志が伝わる！　果たして慶道選手ペアは逃げ切れるのか!?　それとも、草柳選手が逆転するのか！　勝つのはどっちだ!?』

俺はその声を聞きゾッとした。

すぐさま後ろを振り返るとそこには……。

まるで鬼の様な形相で眉間に皺を寄せ、強く睨みつける草柳の顔がハッキリと見えた。

ヤバい。このまま追い付かれるかもしれない。

まさかここで追い上げてくるとは。しかも同級生らしき小柄な男子を背負いながら、よくそんな速く走れるな。

いや、感心している場合じゃない。

何があっても、俺が一位でゴールする。必ず守るんだ！

「ひなみ！ 後ろから草柳が迫っているけど、俺を信じろ！ 必ず一番にゴールするぞ！」

「え、ええ、は、はぴぃ！」

何か日本語とは別の言語の返事が聞こえたが、それでも俺は前を見て必死に足を動かす。

しかし、いつの間にか、後ろで走っている草柳の足音が徐々にはっきり聞き取れるようになっていた。

どんどんスピードを上げているのが分かる。それに草柳を支える声が応援席から沢山聞こえる。

でも、たとえどれだけ応援されなくても、歯を食いしばってやるしかない。

俺は残りの体力全てを使い、全力で足を動かした。

「うおおおおおおおお！」

草柳が必死で声を上げながら背後から迫りくる。それに焦り、俺も必死で距離を離そうと、限界までスピードを上げる。

お互いに全力で走り、ゴールまでおよそ十メートル、五メートルと、距離が徐々に近づいていく。

草柳が俺のすぐ後ろまで近づく中、残り一メートルを切り、そして。

ギリギリで、俺が一歩先にゴールテープを切った。

『ゴォォォォル！　一年生男子の部借り者競争の一位はなんと慶道選手だぁぁぁぁ！　逃げ切った！　我らがスター、草柳選手はあと一歩のところで一位を逃してしまった！』

「可愛かったよー！　九条さんとっても可愛かったー！」

「草柳さん、惜しかったですね！　また次も頑張ってー！　応援してます！」

「草柳さーん！　次もファイトー！」

ひなみや草柳を支える声だけが耳に入ってくる。

あははー。俺頑張ったけど、褒められてねぇー。しょうがないか。

俺は息を切らしながら、ひなみをゆっくりと降ろす。

スマートな体型とはいえ、さすがに走りながら抱えていると腕が疲れる。明日筋肉痛になるのは確定だな。

俺が呼吸を整えていると、汗をたらし悔しそうな表情を浮かべている草柳が近づいてきた。

「はぁ、はぁ、はぁ。まさか、君が九条さんを選ぶなんてね。予想外だよ」

「しょうがないだろう。はぁ、はぁ」

「そ、そうかい。運が良くて羨ましいよ。でも次は負けないよ、慶道君」

草柳は最後にそう言うと、クルッと俺に背中を向け去っていった。

だがその際。

「ちっ。邪魔しやがって」

冷たく腹黒い声が微かにだが聞こえた。

表と裏で温度差が全然違うな。今すぐにでも草柳の本性を言いふらしたいが、熱狂的に応援されていた状況を考えると、やっぱりリスクが高い。俺が変な奴みたいに見えてしまう。

古井さんの言う通り、ボロが出るのを待つしかない。

あ、そういえば、ひなみは大丈夫か？

お姫様抱っこされていたとはいえ、結構体力勝負だったたし。

「お疲れひなみ。本当無茶(むちゃ)させてしまってすまない」

俺は謝りながら、隣にいるひなみを見ると……。

「あ、あはひゃ。じぇ、じぇんじぇんじゃだいちょうぶだよ」

めっさ故障していた。

負荷がかかりすぎて故障してしまったロボットの様に、ブシューッと体全体から真っ白な煙が出て、目がグルングルンと回っていた。

さらにまともに話せなくなっていて、何言っているのか全然聞き取れない。

ご、ごめん。本当。これだけの観衆の中お姫様抱っこされているところを見られてしまったわけだから、そりゃオーバーヒートするよね。

「ひなみ、大丈夫か？　俺の声聞こえるか？　ちゃんと話せるか？」

「じゃ、じゃいじょうぶだよ。きこえちぇいるよ。はなちぇるよ」

こ、これ本当に大丈夫か？　全然ダメな気がする。

いつも真面目で優秀なあのひなみが、こんな壊れ方をするとは……。

「はぁー。こりゃひなみが元に戻るのに、時間がかかりそうだ」

この後、友里と古井さんの手を借りたが、それでもひなみを元に戻すのに二十分近くかかってしまった。体温が上がっていたため、保冷剤を結構消費してしまった。

かなり大変だったけど、でも可愛かったから許す。

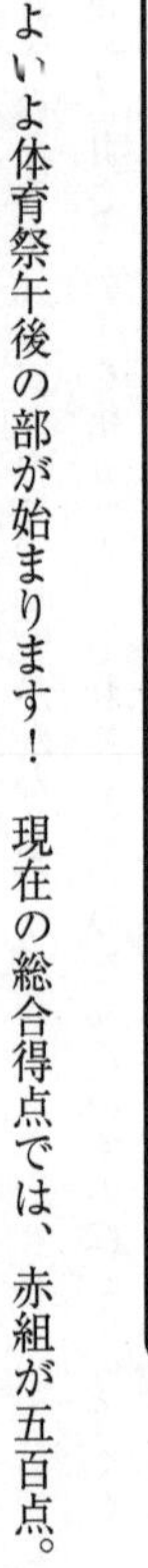

第十五話　カモフラージュ

『さあー、いよいよ体育祭午後の部が始まります！　現在の総合得点では、赤組が五百点。一方白組が四百五十点！　白組、逆転できるか!?』

昼休憩が終わり、ついに午後の部に突入する。

日光がグラウンドを熱く照らす中、俺は端っこの待機場所にて、次の競技が始まるのを静かに待っている。

先ほどのアナウンス通り、俺達白組は総合得点で赤組に負けている。

負けている要因は、俺達白組の練習不足。というのも勿論あるが、それよりも草柳の卑怯な手に苦しんでいるのが、正直なところだ。

草柳は体育祭実行委員に所属している。それを上手く利用し、白組の出場者名簿をチェックして、その弱点を突くように体育会系の部活に所属する人達を出場させていた。

草柳の高校は男子校。スポーツ経験者が多いクラスを、意図的に赤組にした可能性がある。

体格差やスタミナの面から、俺達白組はその気迫と根気強さに負けてしまい、差を付けられてしまった。

だが逆転の余地がないわけでもない。

午後の部では高得点種目が多数あるから、可能性はある。

これから行われる騎馬戦も、勝てば高得点が入る。草柳も参加するからこそ、この種目は絶対に負けられない。

ちなみに、これから行われる騎馬戦は、赤白両チームは、好きな人同士で四人一組を作り、競技に参加する。各チーム四十名だから、計十組が生まれる。

騎手役と馬役を決め、騎手は腕に巻いているハチマキを取られないように守りながら、相手の物を奪う。

と、まあ普通の騎馬戦と大体の流れは同じだ。

だが勝敗の決め方は少し違う。勝敗を決める方法はただ一つ。

王様のハチマキが取られれば、即敗北が確定する。

各チーム一人だけ王様役を任命される。

また、誰が王様なのかは、事前に相手にも共有されているため、敵に知られながらどう守り抜くか。それが勝負の鍵を握っている。

俺達白組の王様はひなみ。対して赤組は草柳だ。

王様のハチマキを死守しなければ、白組が優勝する確率は低くなる。

草柳のＭＶＰを阻止するためにも、この勝負には確実に勝たねばならん。

ひなみと俺は同じ組で参加。勿論俺は馬役だ。他の男子二人と共に王様であるひなみを守りながら戦う。一方友里と古井さんはそれぞれ別の組で参加する。ひなみ、友里、古井さん。この三人は別々の組だが、全員騎手である。

ひなみと草柳。どちらのハチマキが先に取られるかで大きく運命が分かれる。

負けねぇぞ草柳。絶対に勝つ！

俺は待機場所でそう思っていると、馬鹿でかいマイクの音量がキーンと鼓膜を刺激してきた。

『さぁー、大接戦の体育祭もついに午後の部に突入しました！　午後の部最初の種目は、一年生による騎馬戦です！　一体どんなバトルが繰り広げられるのか⁉　楽しみで仕方がありません！　それではまず初めに赤組の選手入場です！』

実況者の言葉の後、応援席にいる吹奏楽部の人達が一斉に楽器を演奏する。軽快な音楽に合わせながら、俺達白組と反対方向の待機場所にいた赤組が、続々と試合会場に入っていく。

「赤組の皆！　午前の借り者競争では惜しくも二位だったけど、次は勝つから！」

草柳は入場しながら、次から次へと声を上げるファン達に、ニッコリと笑いながら手を振る。

草柳の爽やかな笑みを見た応援席の女子生徒達は、

「「「キャーッ！」」」

目の形がドでかいハート型に変形していた。

中身はクズだが外見だけ見れば、普通にイケメンだ。中身を知らなければメロメロになるのが普通かもしれない。

「さあ皆！　白組を倒すために用意した作戦を成功させ、王様のハチマキを奪い取るぞ！」

「「「おぉー！」」」

草柳が自信満々な表情を浮かべながら掛け声を上げ、仲間を鼓舞する。

相手の選手を見てみると、体格がデカい人たちが何人かいる。男女混合の騎馬戦とはいえ、結構な数の体育会系がいるな。あれを相手にするのは骨が折れそうだ。

『赤組の全選手がたった今入場を終えました！　会場全体が草柳選手の格好に釘付けです！　何という逞しさ！　そしてカッコよさ！　王様でもある草柳選手を筆頭に、赤組はどう動くのか！　さぁ！　続いては白組の入場です！』

ついに俺達白組の入場が始まる。

待機場所の全員が試合場に向かおうとした、その前にひなみが皆に声をかけた。

「皆！　古井ちゃんから言われた作戦通りに動こうね！　赤組が古井ちゃんの予想通りに

動いたら、作戦実行だよ！」

ひなみの言う通り、俺達は古井さんが考えた作戦を元に行動する。

古井さんの作戦は以下の通りだ。

序盤は相手の動きを見つつ、王様以外のハチマキをできるだけ多く取り、戦力を削ぐ。

草柳は王様だから、ほぼ確実に後ろから味方に指示を出すはずだ。だから草柳を狙うより、まずは相手の騎馬の数をできるだけ減らす。

次に、状況を見て囮役の古井さんと友里が敵陣に突っ込み、相手の注意を逸らす。

相手の注意を奪い、隙が生まれたタイミングで、俺達以外の騎馬を全て草柳の方へ突進させる。

急に大多数の敵が迫り来れば、さすがの草柳も動揺するに違いない。

草柳が防御に集中している間に、俺達が背後から近づき、騎手のひなみがハチマキを取る。

これが大まかな作戦内容だ。

この作戦が上手くいくか分からないが、それでも勝つ可能性は十分にある。

『白組一年生が続々と入ってきました！　白組の王様は九条ひなみ選手です！　彼女を守りつつ、赤組とどう戦うのか非常に楽しみです！』

盛大な応援の中、俺達が所定の位置まで歩いていると、自信たっぷりな表情をした草柳が相手陣地にいるのが見えた。

草柳の周りには体育会系の部活に所属していると思しき人が多数いる。ここからでも、熱く燃える闘志を感じる。

フィジカルで勝ちにくるつもりだ。それに対して俺達はそこまで体格がデカい人はいない。

あいつからしてみれば、もはや勝ったも同然なんだろうな。

俺は草柳の様子に少しイラつきながらも、所定の位置に着き、そのまま騎馬を組む。

俺が前で、他クラスの男子が左右を担当。俺達三人で作った馬の上に、ひなみが乗る。

他の仲間を見ていると、ほとんどが準備を終えていた。

『両チームとも所定の位置に着き、試合の準備が整ったようです！　どんな試合になるのでしょうか？　それでは……スタートです！』

実況者の合図と共に、一斉に白組が動き始める！

「前線部隊！　出撃！」

ひなみは開始早々、赤組より先に前線部隊に指示を出し、計五つの騎馬が動き出した。

一方、前線部隊とは反対に、囮役の友里や古井さん、そしてガード役の騎馬は後方でひなみを囲う様に陣形を作る。

これに対し、草柳は、

「よし。俺達も動き出すぞ！　前線部隊！　進め！」

白組の動きに対し、草柳も後れを取らない様にすぐに指示を出し、味方を動かす。

真っ正面から向かってくる赤組の騎馬の数は五つ。

一方その後ろでは、草柳と彼を守る四つの騎馬が守備を固めていた。

攻撃と守りに半分ずつ人を当て、守備側はガタイのいい体育会系の人達で構成されている。あれなら、パワーと気迫で守り通すことができる。

鉄壁の防御の中から安心して指揮を取る。そして白組の騎馬の数が少なくなったタイミングで、ひなみのハチマキを取る。

草柳はそう動く。ＭＶＰに選ばれるためにも、自分の活躍で勝利したという実績が必要だ。四つの騎馬に守られながら、チャンスが来た時だけ動く。それまでは静かにしているんだろう。

俺達の初期配置は赤組とさほど変わらない。

前線部隊が前で敵を削りつつ、後方では守備陣がひなみを守る。

初手の動き出しは同じだが、ここからどう動くか。

『ああっと！　白組、赤組！　両者ともに一斉に動き出し、真っ向からぶつかり合う！　ハチマキを奪い取ろうと、激しくぶつかり合う！』

ひなみと草柳の指示で動いた前線部隊が一気に激しくぶつかり合う。

体を激しく衝突させながら、敵のハチマキを奪い取ろうと激しい攻防が繰り広げられる。

後ろで見ている俺の目には、白組と赤組の実力はほぼ同じに見える。

実力が同じ今、どちらの組が先にハチマキを取るかで状況が変わる。先手を取った方が有利に進められるだろう。

草柳は体育会系の人達を護衛に配置しているから、攻撃力にはやや欠ける。

ここで相手の騎馬の数を減らせれば、有利な状況で草柳と戦うことができる。

このまま俺達が取れば……。

そう思っていたが、現実はそう思い通りにはならなかった。

「よし！　A班とB班！　今だやれ！」

「「了解！」」

突然草柳が後方から味方に指示を出す。それに合わせ、戦っていた赤組の一騎が突然動きを変えた。

激しくハチマキを取り合っていたが、突然戦うことをやめ急遽逃げ始めた。

「あれ⁉　急に逃げ出した⁉　何で⁉」

戦っていた白組の騎手から言葉がこぼれる。

間に超えられない実力差があったわけではない。むしろほぼ互角。それなのに急遽逃げ出したため、驚きを隠せなかった。

何故逃げたのか。後ろで見ている俺には分からなかったが、その後の行動を見てようやく理解でした。

逃げたのではない。標的を変えたのだ。

先ほど戦っていた赤組の騎馬は、一旦後方に退いたかのように見せ、別の白組の騎馬へと一直線で動き始めた。

今前線部隊で戦っている赤組白組の騎馬数は五つ。

つまり一対一の戦いを展開している。皆目の前にいる敵のハチマキを取ろうと、激しくぶつかり合っている。

そんな状況の中で、逃げ出した赤組の騎馬は、別の白組に標的を定め、背後から近づく。戦っていた白組の騎馬も後を追うが、相手のスピードに追いつかない。

「危ない！　後ろだ！」

後ろで見ていた俺がそう言葉を飛ばすが、数秒遅かった。

狙われている白組の騎馬は前方に気を取られ、背後から近づいてくる赤組に気が付いていなかった。

そのまま周囲への注意力がなくなっていた隙をつき、赤組が背後から豪快にハチマキを奪い取った。

『赤組！　背後から白組のハチマキを取ったー！　挟み撃ち作戦で相手のハチマキを一本

奪い取ることに成功したぁぁ！』

ちくしょう……。先手を取られてしまった……。

草柳の野郎。最初から挟み撃ちで狙うつもりだったのか。

俺達の前線部隊の数は五つ。相手がどう動くのか先に様子を見て、自分達も同じ数でぶつける。

そして一対一の状況を意図的に作り、その上で挟み撃ち作戦を実行したのか。

考えたな草柳。

俺はギリッと、遠くからだが草柳を睨みつける。俺の視線に全く気が付いていないが、それでも、有利な状況を作る事ができたためか、口角が少し上がっていた。

このままだと、また戦いに気を取られている隙をついて挟み撃ちで狙われる。

四対五の状況じゃ、こっちがあまりにも不利だ。背後から狙われたら終わり。

どうすれば。俺達守備陣から騎馬を前に出すか。

いや、もしかしたらそれも草柳の作戦の一つかもしれない。

ちくしょう。

唇を噛みしめていると、この状況に対し古井さんが口を開いた。

「一旦落ち着いて！　相手の作戦は挟み撃ちで確実に背後から狙ってくる！　ここはペアを作って、お互いの背後を守り合いながら戦って！　守備陣営はそのまま待機！　動き出したら相手の思うつぼよ！」

焦りや不安を感じ始めている白組全員に対し、落ち着いた様子で指示を出した。ひなみを守る俺達にまで指示を出したことを考えると、恐らく古井さんは草柳の作戦を読んだ上で判断したんだと思う。

ここは冷静に、大人しく言う通りにしておこう。

古井さんの指示の下、さっそく白組はペアを組み始める。お互いの背後を守り合いながら、迫り来る赤組と戦う。

『白組！　背後から狙われない様に、すぐさまペアを組み互いの背後を守り合いながら戦い出した！　これなら赤組の挟み撃ち作戦が通用しない！　咄嗟の機転だが、上手く相手の作戦を封じ込めた！』

確かに草柳の作戦は封じ込めたかもしれない。

だが前線部隊の数は、四対五とこちらが不利だ。咄嗟に挟み撃ち作戦の対抗策としてペアを組んだが、それでも不利な状況は変わらない。

体育会系の人達は草柳の守備に回っているとはいえ、この状況はかなりマズい。

事実、後ろから見ていると、どんどん体力が消耗していく味方の姿が目に入る。

そりゃ不利な状況で戦っているんだ。ペアで動いている以上一旦逃げて態勢を立て直すことは厳しい。

このままじゃ体力的にこちらの前線部隊が負けてしまう。

「古井さん、どうする……？　相手の作戦を封じたとはいえ、これじゃあ味方の体力が」

「確かに数で見たら不利ね。このままだと前線部隊が全滅するかも」

「おいおい。それじゃあダメだろ！」

「馬鹿ね。私がそのことを考えていなかったと思う？　男女混合とはいえ、相手のチームは体育会系が多い。さらに、星林高校の男子の数も圧倒的に多い。この状況を上手く利用して戦えばいいのよ。そのために囮役の私達がいる」

古井さんはそう言うと、隣にいる友里の目を見て、アイコンタクトを送る。すると友里はその意図を瞬時に見抜いたのか、ニヤニヤと笑い出した。

な、なんだその女子特有のテレパシー的なもんは……。

「友里、古井ちゃん。大丈夫？　本当に上手くいくかな？」

「大丈夫！　何とかなるよ、ひなみ！　囮役の私達が何とかするから！」

「ええそうね。心配しないでひなみ。それじゃ友里。第二段階に移りましょう」

少し不安な様子を見せるひなみだが、それに対し二人は自信たっぷりな表情を浮かべた。

細かい作戦情報は聞かされていないが、一体どんな手を使って相手の注意を引くんだ？

俺がそんなことを考えていると、二人共前を見ながら動き始める準備をする。

そして息を揃えて共にこう言った。

「「GO!」」

その言葉を合図に、友里と古井さんが乗っている騎馬が地面を強く蹴り、一気に前線部隊の方へと動き出した。

『なんと！　後方で王様を守っていた白組の騎馬二つが、突然動き始めた！　前線部隊に入って、サポートに回るのか！　い、いや違う！　これは！　前線部隊との戦いに参加せず、自由にグラウンドを駆け巡っている！』

「ほらほら赤組の皆さん！　こっちですよ！」

「かかってきなさい、チェリーボーイ達」

友里と古井さんはグラウンド内を駆け巡りながら、前線部隊と守備に回っている赤組の騎馬を挑発し始めた。

前線部隊は赤組の方が有利。さらには防御も鉄壁。

僅かな隙を作るためにも、挑発して場を混乱させようとしている。

事実、前線部隊の何人かは手を止めて友里や古井さん達の方を注視した。

よし、これで二人に釣られて動き出せば、この苦しい状況も変えられる。

相手の陣形が乱れた隙をついて、一気に突撃すれば草柳のハチマキを取ることができる。

グラウンド内がざわつき始め、相手選手に迷いが生じてきたが、しかし。

「二人の挑発は無視するんだ！　あれは陽動！　騙(だま)されるな！　それぞれ持ち場での役割

に徹するんだ！」

鋭い声が一気に場の雰囲気を変える。この声の主は、赤組の後方で指示を出す草柳だ。

草柳は友里と古井さんの行動を見て、陽動だと気が付いたのだろう。

味方全員に指示を出し、崩れかけた陣形を元に戻す。

やるなあいつ。冷静じゃないか。

『草柳選手！　冷静に相手の行動を見抜いた！　さすが我らがスター！』

せっかくの陽動も無駄になり、再び難しい状況に戻りそうになる。

白組全体にネガティブな雰囲気が漂い始めた、その時だ。

先ほど駆け巡っていた友里と古井さんが何故かニヤニヤしだした。

それも何かとびっきり悪いことを考えている感じだ。

何だ、あれ。絶対何か企(たくら)んでいるでしょ。

な、何する気だ？　どうやって再び相手の陣形を崩すんだ？

そう思いながら後ろから見ていると、二人の口からとんでもない言葉が聞こえてきた。

「あ〜、そういえばせっかくの体育祭なのに、ダンスのペアがまだ決まっていないんだよね〜。誰かこんな私と踊ってくれる人いないかな〜？　あ、そうだ！　どうせやるなら、私のハチマキを取った人と踊りたいな〜。一緒にダンスした後、二人っきりで過ごすのもありかな〜。そろそろ恋人欲しいし」

友里は最後に赤組全体に可愛らしくウィンクを送る。

そのアピールに、赤組の男子選手のほとんどがカチンと固まった。

それに続き、古井さんもポケットから紙を二枚取り出して、こう言い始める。

「ペア旅行のチケットが当たっているのを思い出したわ。ああ、でもこれカップル専用だったわ。私一人じゃ行けないわね。私って小柄だから、守ってくれる筋肉ムキムキで超熱い男と行きたいわね。若い男女が二人っきり。ふふ。夜が楽しみね。刺激的な日になりそうだわ」

古井さんはペロリと唇を舐めながら、ペアチケットの紙を見せびらかす。

これがとどめとなったのか。

バギン！

と理性が壊れる音が、赤組の男子を中心に耳に入ってきた。

数秒間、グランドに沈黙が流れた後。

「「「おおおおおおおおおおおお！」」」

赤組男子の騎馬は目の色を変え、雄たけびを上げながら、一直線に古井さん、もしくは友里の方向へと走り出した。

「友里ちゃんんん！　俺と踊ろうぅぅぅ！」

「古井ちゃん！　俺ならどんな時でも守ってやれるぞ！」

「俺と旅行に行こう！　古井ちゃん！」

前線部隊で戦っていた騎馬三つと、後方で守備を固めていた騎馬二つが、目をハートにしながら、二人の後を死に物狂いで追いかけ始めた。

何だこの食いつきようは……。こ、古井さんもしかして、初めからこれを狙っていたのかよ……。

今二人を追いかけているのは赤組の男子が中心だ。女性を中心で組まれている騎馬は、微動だにしていない。

むしろ必死に追いかけている男子を、ゴミを見るような冷徹な目で見ている。

温度差がすげぇ……。マジで雰囲気が冷たすぎるじゃねぇか。女子ってあんな冷たい目ができるのか。女こわっ！

赤組男子の多くは星林高校の生徒だ。つまり異性との交流がかなり限られている。中には体育会系の人達もいるから、部活が忙しくて余計交流の機会なんてないだろう。

そんな中、あの美少女二人から誘われたら、思春期真っただ中の男子なら多少なりとも食いつく。

あの人考えやがった。どうして囮(おとり)役に友里が選ばれたのか分からなかったが、二人で色欲を刺激するためかよ！

『な、なんてことだ！　白組！　美少女二人がとんでもないことを言い出した！　この発言にさすがの赤組男子も無視できず、必死に追いかける！　だが友里選手と古井選手の騎馬は圧倒的に速い！　機動力があるせいか、全く追い付けない！　赤組どうする⁉』

赤組男子は必死で二人を追いかけるが、機動力が全然違う。

圧倒的な速さでグランド内を駆け巡り、相手の陣形を次々と崩していく。

元々古井さんと友里の騎馬は攻撃力がほとんどない。その代わり陸上部を中心に組まれているから、スピードなら圧倒的だ。相手が追い付けないのも不思議じゃない。

「アホかお前ら⁉　何やっている⁉　それぞれの持ち場に戻れ！　罠だぞ！」

この状況に草柳は冷や汗を流し、味方にツッコミながらも指示を出す。

しかし、一度火が点いた男のハートは簡単には静まらない。

「「「彼女欲しいいいいいいいいいいい！」」」

むしろどんどん熱が上がっている気がする。水が一瞬で蒸発するほどの熱を感じる。普段は関われないであろう美少女とお近づきになれる。さらにはリア充になれるかもしれない。

その誘惑に負け、草柳の言葉は届いていなかった。

「ちくしょうがっ！　せっかく有利に進んでいたのに、バラバラじゃねぇか！」

草柳の言う通り、今完全に赤組の陣形は崩れた。

前線部隊では、むしろこちらの方が数的に有利になり、さらに体育会系で組まれたあの防御も手薄になった。

友里と古井さんに気を取られているせいで、陣形が乱れていることに気づいていない。

やるなら今がチャンス！

「ひなみ！　赤組が乱れている！　やるなら今だ！」

「うん涼君！　皆！　一気に行くよ！」

「「「おう！」」」

ひなみは守備に回っている騎馬と、前線部隊で戦っている仲間に合図を出す。

皆ひなみの意図を理解した後、囮役となっている友里と古井さん以外の騎馬全てが草柳の方へと一直線に動き始めた。

こちらの騎馬の数は計七つ。

対して相手は体育会系が揃っているとはいえ、三つしかいない。

やれる！

友里と古井さんが注意を引いてくれている隙をつき、草柳がいる後方へと向かい、一気に衝突する。

倍近くの数の敵に襲われているため、さすがの草柳も冷静さを失っていた。

「ちくしょう！　さっさと俺を守れ！　他の連中も何やっている！」

怒りに満ちた声が俺の耳にハッキリと聞こえた。

よし。混乱している。このチャンスを逃さないぞ！

俺達は相手が混乱しているタイミングを見て、こっそりと草柳の背後に回る。

前の敵に集中している隙を狙い、ひなみが草柳の腕に手を伸ばす。そして、

「取った！」

草柳のハチマキをしっかりと握りながら、ひなみは一気に引っ張り、見事奪い取ることに成功した。

一瞬の出来事だったためか、相手選手全員が事態を呑み込めずポカンと口を開ける。

しかし、ハチマキを握っているひなみと、そして彼女がそれを取る姿を間近で見ていた俺達は、しっかりと理解していた。

王様である草柳のハチマキを取ったこの瞬間、白組の勝ちが確定した、と。

この事実にやや遅れて実況者が気付き、マイクを握る。

『な、な、なんとぉぉぉぉ！　ひなみ選手！　草柳選手の背後に回り、ハチマキを取ったぁぁぁぁ！　王様である草柳選手のハチマキが奪われたため、試合終了です！　勝者は白組だぁぁぁぁ！』

「「「やったー！」」」

勝敗が決まり、見事俺達白組の勝利！

それが嬉しかったためか、騎馬戦に出ていた白組全員が思わずガッツポーズする。

「ひなみちゃん！　よくやった！」

「大活躍じゃねぇかひなみさん！」

「よくやったぞ！」

応戦席から、俺達の勝利とひなみの活躍を祝う言葉が飛び交う。

一年生の騎馬戦では、どうにか草柳の活躍を抑え、俺達が勝つことができた。

「やったなひなみ！」

俺はひなみを降ろしながら、そう言葉をかける。

「うんやったね！　いえぃ！」

お互い笑い合いながら、俺とひなみは勝利を祝うハイタッチをした。

第十六話 ―― 邪魔者

騎馬戦が終わり、次に俺――草柳が出る種目まで少しの時間ができた。

俺はその空き時間を使い、同じ体育祭実行委員の真鍋を連れて、校舎裏に来た。

こんな薄暗くて人の気配がまるでないところに来た理由はただ一つ。

「ちくしょうっ！　何なんだよ！　何であいつに……慶道に邪魔されるんだ！」

立てた作戦が何もかも上手くいかず、苛立っているからだ。

その苛立ち発散しようと、拳に力を込めて思い切り壁を殴る。

乾いた音と共に拳に激痛が走るが、それでも俺の怒りは静まらなかった。

俺の作戦が上手くいっていれば、今頃大活躍してＭＶＰの有力候補だったに違いない。

なのに。それなのに！

慶道が立て続けに邪魔してきやがる！

借り者競争の時は何故か箱の紙が入れ替えられていて、さらに九条を連れていかれてしまった。

先ほどの騎馬戦も、まんまと相手の戦略に踊らされてしまった。

振り返ると、俺の作戦が上手く機能しなかった時、必ず慶道が近くにいた。

俺よりも大してイケメンでもないただの陰キャが、何でここまで俺の邪魔を！

ちくしょうがっ！

俺は再度拳を壁にぶつけ、息を荒くする。

「お、おいよせ草柳。それ以上やれば、お前の拳がダメになるぞ」

隣で見ていた真鍋が声をかけるが、俺はギリッと睨みつける。

こいつは俺の作戦を知る数少ない仲間だ。真鍋が色々と作戦を考えてくれていたが、その全てが上手くいっていない。

よくよく考えれば、簡単に見透かされる様な案を考えるこいつが悪いんじゃないのか？

「お、おい草柳。どうしたんだよ、そんな怖い目をして」

「何とぼけてんだよ……ああ⁉」

俺は真鍋の胸倉を力いっぱい引っ張り、そして殺気と共に俺の怒りをぶつける。

「何で俺は関係ありませんって顔をしてんだ！　てめぇーの作戦が上手くいってねぇーからこうなってんだろうが！　自覚あんのかよ！　嘘をついてまで『千年に一人の美少女』に近づいた意味がねぇだろうが！」

俺の言葉に、真鍋はブルブルと震え出した。

「わ、悪い！　本当にすまない！　で、でもここまで妨害されるとは思ってもいなかったんだ！」

「は？　じゃあ何だ？　能天気に生きてるあの陰キャよりも、お前は頭が悪いのか？」

「ち、違う違う！　そういうことを言っているわけじゃない！　イレギュラーな事態が立て続けに起きてて、上手く軌道修正ができないんだ！　許してくれ！」

真鍋の作戦が全て上手くいき、後夜祭の告白が上手くいけば、ひなみは俺の女になるはずだ。

それなのによ……。

容姿や人望など、全てにおいて俺が勝っているのに、何で慶道が一歩前を行っているんだよ。

腹が立ってくる。クソがっ！

「で、でもまだ勝算はある！　総合得点だとまだ俺達が勝っている！　最後の種目である学年別選抜リレーで一位になれば、MVPに選ばれる可能性があるはずだ！」

俺はこの言葉を聞き、真鍋の胸倉を摑む手をそっと離した。

確かに、最後の種目で逆転のチャンスはあるな。

学年別選抜リレー。

この種目は各学年のクラスごとに代表者を男女一名ずつ選び、リレーを行う。

もしこの種目で一位になれば、真鍋の言う通り、ＭＶＰに選ばれる可能性はある。

だがまた慶道に邪魔されるのは面倒だ。何せ偶然なのか分からないが、俺とあいつが出る種目は全て一緒だ。

必ず勝つためにも、こいつに……。

真鍋には色々と動いてもらわないとな。

「そうだな。お前の言う通りだ。だが絶対に勝たなければ意味がない。お前確か……野球部だったよな？」

「え？　あ、ああ。そうだけど。それがどうしたんだ？」

学年別選抜リレーでは、俺と慶道がアンカーの直前を走る。

もしここで俺があいつに負ければもう無理だ。だが、慶道に傷を負わせればどうだろうか……。

あいつが本調子で走れなくなれば……？

「真鍋、お前は俺の言う通りに動け。あいつの足を……壊せ！」

俺は思いついた作戦を、全て真鍋に伝えた。

これが上手くいけば、慶道の足を潰せる。

午後の種目もほとんど終え、これから最後の種目の学年別選抜リレーが行われる。

学年別選抜リレーは、赤組、白組共に二チームずつ編成し、四チームで順位を競い合う。

この種目に俺達A組の代表として出るのは、俺とひなみだ。

ひなみがアンカーを務め、俺はその直前を走る。

今のところ点数では俺達白組が負けている。だがこの競技で勝てば、赤組に逆転できる。

そう考えると余計緊張するな。

「よし、そろそろ時間だし行くか、ひなみ」

「そうだね！　行こう！」

俺は応援席の隣に座っているひなみと共に立ち上がり、集合場所へと歩き始める。

「今は得点で負けているけど、ここで勝てばまだ逆転の可能性あるよな」

「そうだね。諦めなければ可能性はあるよ！」

ピカーンッと光り輝く笑顔を、俺に向けるひなみ。純粋で可愛らしい笑顔に、俺の疲れは一気に地平線の彼方まで飛んでいった。

凄い、笑顔を見ただけで今日の疲れが吹き飛んでいったぞ。

「だな。それにしても、ひなみは凄い活躍していたよな。他の参加種目でも大活躍だったじゃないか」

ひなみは騎馬戦以外にも、玉入れや二人三脚にも出場していた。

特に二人三脚は凄かった。

友里と息を揃えて走り出し、ぶっちぎりの一位を記録していた。過去最高記録が出たんじゃないかと思うほどだった。

誰が見てもひなみが白組の中で一番活躍している。

「別にそんなことないよ。皆に支えられて良い結果を出せただけだから、私なんて大したことは……」

「そう言うなよ、ひなみ。ひなみがいてこそできたことなんだ。誇りに思ってもいいんじゃないか？」

「そ、そうかな……。えへへ。ちょっと嬉しい」

「なあひなみ。体育祭、楽しいか？」

嬉しそうな笑みを浮かべるひなみを見ていると、俺の口から自然とこんな言葉が出ていた。

体育祭が始まるずっと前から、ひなみは今日を楽しみにしていた。

今までずっと友里と古井さんと同じクラスになれなかった影響で、学校行事で三人揃っての思い出がなかったらしい。いつも三人の内の誰かが、相手になっていたからだ。

でも今年の体育祭は仲良し三人組で一緒になれたから、思い出を作ろうと一生懸命だった。

だからだろうか。こんな質問をしてしまったのは。

「うん！　すっごく楽しいよ！　思い出も沢山作った！　ほら見て見て涼君！」

ひなみはそのまま幸せそうにスマホに保存してある写真を見せてくれた。

「これはね、友里と古井ちゃんの三人で、さっき応援席で撮ったの！　あ、あとこれはね、競技中の古井ちゃんの写真なんだ！　可愛く撮れているよね！　それでこれは友里の写真！　必死に走っている姿がカッコいいよね！　最後が涼君の写真だよ！　涼君が借り者競争で、スタートラインで構えている時のだよ！　すっごく逞しい！」

ひなみは何度も何度も今日撮った写真の説明をしてくれた。

友里や古井さんだけじゃなく、俺も撮っていたことにちょっと驚いたが、それでもひなみの思い出になっているから、嫌な気はしなかった。

草柳に狙われているとはいえ、このままいけば何とかなりそうだ。

体育祭で優勝してあいつの狙いを妨害できれば、多少の時間稼ぎはできる。だから、ひなみと草柳が今すぐくっつくことはないだろう。

「そっか……。沢山思い出ができてよかったな」

「うん！　今日帰ったらお母さんにも沢山お話しするんだ！」

「なるほどな。じゃあ最後のリレーも勝ち切って、このまま優勝しようぜ！　勝って思い出を作ろう！」

「うん！　頑張ろうね！」

俺とひなみはお互い見つめ合いながら、ニコニコと笑い合った。

行ける気がする。このままの調子だと、リレーも勝てる気がする。そしてひなみを守り、思い出作りにも貢献できる気がする。

俺はそう思いながら、集合場所へと歩いている時だ。

「あっと！　ごめんよ！　ちょっと急いでいるんだ！　そこ通るよ！」

誰かが顔を下に向けながら俺の前を走り去ると共に、
ビギンッ!!

右足から骨を押しつぶされるような鋭い激痛が、体中を走った。

めちゃくちゃ痛い！　なんだこの痛みは!?

何か鋭く硬い物で右足を踏まれたのは間違いない。靴底に何か硬い物が付いている靴だと思うから、サッカーや野球、陸上のスパイクかもしれない。

俺はあまりの激痛に足が止まってしまった。そしてそのましゃがみ込み、踏まれた右足に手を当てる。

マズいぞこれ。足先じゃなくて甲を踏まれてしまった。まだ踏まれた感触が強く残っている。

「あれ？　どうしたの涼君？」

ひなみは首を傾げながら、不思議そうに俺のことを見つめる。でも、今ここで俺が弱音を吐いていても、状況は良くならない。

せっかくひなみが楽しそうに思い出を作っているんだ。

無駄な心配はかけられない。

「ああ、大丈夫だ。ちょっと靴紐がほどけただけだ。先行っててくれ」

「え、それぐらいなら全然待てるよ」

「ああ、いや靴紐を結んだ後、ちょっとトイレにも行こうと思うんだ。だから先に行っててほしい」

「あ、そうなんだね。うん、分かった。じゃあまた後でね！」

「おう！」

ひなみはそのまま前を向き、集合場所へと一人向かっていった。

ひなみが人混みの中に紛れ姿が見えなくなったことを確認した俺は、靴を脱ぎ踏まれた右足の甲を見る。

すると……蜂に刺されたかの様に、真っ赤に腫れあがっていた。

ああ、マズい。

こりゃ、嫌な予感がする……。

◇

『学年別選抜リレーもいよいよ終盤に差し掛かりました！　現在赤組の走者が一歩リードしている状況です！　一位は赤組Aチーム、二位に白組Aチーム。三位に赤組Bチーム、四位が白組Bチームとなっています！　果たして一年生の選抜リレーはどこが勝つのでしょうか！』

学年別選抜リレーが始まってから少し経ち、もうそろそろで最終局面を迎える。

俺はコース脇からリレーを見ながら、静かに順番が来るのを待っている。俺はアンカーの直前、第五走者を走る予定だ。

しかし、つい先ほど誰かに足を踏まれてしまい、右足の甲が赤く腫れている。歩くだけでもかなりの激痛が走る。それに対し隣で待機している草柳は、絶好調のようで自信満々だ。

そりゃそうだよな。

今一位で走っている走者は草柳のチームだ。対して俺のチームは現在最下位。

トップバッターがスタートと同時に転んでしまい、大きく遅れを取ってしまった。

さらに草柳のチームは陸上経験者が多く、かなりの差を付けられている。

コンディション的にも順位的にも俺の方が劣っている。

このままだと草柳が一位でゴールし、俺のチームはもしかしたら最下位になるかもしれない。そうなったら最悪だ。

総合得点は赤組の方が高い。もしここで負ければ逆転できる可能性はほぼゼロだ。

このままの順位をキープできれば、赤組の勝ちが確定する。

だから余裕そうな表情を浮かべているんだ。

『続いて第四番走者にバトンが今渡されました！　現在の順位は変わらず赤組Aチームが一位で走り抜けています！　このままの順位を維持しながらアンカーまでバトンを繋ぐことができるのか！　そして今第五走者達がレーンに並びました！』

俺は激痛に堪えながらも、静かに所定の位置につき、バトンが来るのを待つ。

すると、隣のレーンにいる草柳がどこか蔑んだ目を俺に向けてきた。

「慶道君、さっきから足を引きずっているけど、平気なのかい？」

心配しているような言葉だが、本心は違うだろうな。俺のこの状況を心の中で笑っているに違いない。

スパイクで俺の足を踏みつけるように仲間に指示を出したのは……こいつだ。

俺の足の異変に唯一気が付いているのがその証拠。俺が激痛に耐えているのを、馬鹿にしていやがる。

「別に平気だよ。ちょっと足踏まれただけだから」

本当は歩くだけでも痛いけど、こいつの前で弱っている姿なんて、死んでも見せられない。

俺にだって背負っているものがあるんだよ。

「そうかい。でも無理は禁物だよ。無茶(むちゃ)しないようにね」

草柳の爽やかな笑みから、そんな言葉が出る。

俺と草柳が会話をしている間にバトンを持っている走者が、徐々にこちらに近づいていた。

『いよいよ第五走者の順番が来ました！　現在トップで走っているのは、英雄草柳さんがいる赤組Aチームだ！　白組逆転できるか⁉』

「こっちだよ！」

第四走者がバトンの受け渡しの区間に入ると、草柳が手を上げて声を出す。

その声に沿って、第四走者が草柳の方に向かって一直線で走り、そして。

『バトンが草柳選手に渡った！　ついに英雄の手にバトンが渡りました！　この順位を守ってアンカーに繋ぐことができるのか！』

実況者が大興奮する中、草柳はバトンを握りしめ、勢い良く走り出した。

どんどん俺との距離を離していく。

まるで風を切るかの様な走りを見せる草柳に、応援席にいる生徒達は、

「草柳さーん！　ファイトー！」

「頑張れ！」

「応援しているぞー！」

必死に草柳を応援する。その声が嬉しいのか、草柳の顔が少しニヤついていた。

ちくしょう。好調なスタートダッシュを決めたな、あいつ。

草柳が走り出して少ししてから、俺のもとにもバトンが来た。

最下位でバトンを受け取った直後、すぐに草柳の背中を追う。

このまま草柳を一位でゴールさせるわけにはいかない。絶対に俺が追い付いてひなみに繋ぐ。

そう思っていたが、現実は甘くない。

走る度に。地面を思い切り蹴る度に。

ズキンッ！

まるで釘でも打ち付けたかのような痛みが脳に伝わる。激痛の中走っているので、どうしても本調子が出せない。

『ああっと！　慶道選手！　足でも痛いのか!?　先ほどまでの競技の様な走りができていない。このままでは他の選手を追い越すことは難しくなるぞ！』

チラッと白組の応援席を見ると、不安そうに俺を見つめるクラスメイト、仲間の姿が映った。

ああ、ちくしょう。情けねぇな俺。

足を踏まれたとはいえ、最後の最後でこれかよ。

このままだと、もう逆転は……。ここまでかよ。ちくしょう！

歯を食いしばりながらそう思っていた時だ。

何故か分からないが、突然優姫さんとのやり取りを思い出した。

何で急に思い出したのかは分からない。何でこんな時にって、俺自身も思う。

それでも、諦めかけていた俺の心に、あの時の優姫さんの言葉が重く響く。

――高校生の間だけでも、あの子を頼むよ。

この言葉を思い出した瞬間。

俺の体の奥から、力がどんどん湧いてきた。

踏まれた足が治ったわけじゃない。しかし、激痛を感じながらでも、俺の足は力強く動き始めた。徐々に本調子に戻り始めた。

上手く言葉にできないけど、今ならいける気がする。やれる気がする。

そうだよ。忘れるな俺。俺は誓ったんだ。

ひなみを守るって！

諦めるんじゃねぇよ俺！　このぐらいの痛みで簡単に諦めるわけにはいかないんだよ！　待ってろよ草柳！

『……え？　な、なんと！　ここにきて慶道選手が急にスピードを上げてきた！　一体何が起きたのか分かりませんが、どんどんスピードが上がっています！　他の選手との距離を詰めていく！』

草柳は咄嗟に後ろを振り向き、状況を確認した。

じわじわと距離を縮める俺に、先ほど勝ちを確信した草柳の表情が、一気に崩れる。

草柳は驚きながらも前を向き、必死に走り始める。が、俺もその後をしっかり追う。

一人、二人と他の選手をどんどん追い越していく。

右足の激痛が今も全身を走っているから、正直走るのがしんどいくらいだ。

でも、約束したんだ。負けるわけにはいかない。

お前みたいな奴に、ひなみは渡さないぞ！

残りの距離が三十メートルほどとなったところで、ついに俺は草柳に追いつき、横に並んだ。

『慶道選手が草柳選手に追いついたぁぁぁ！　さきほどまで一位だった赤組の草柳さんに追いつきました！　果たして勝つのはどちらだ！』

「はぁっ！　またあいつかよ！　草柳さんの邪魔をするな！」

「草柳さん！　負けないで頑張って！」

「そんな奴に負けるな！　我が校の英雄！」

俺の猛追に対し、ざわついた声が応援席のあちこちから聞こえた。

黙って聞いていれば、ほとんど俺に対する愚痴だ。

まあそりゃそうだ。草柳がトップを走っていたのに、こんなモブキャラな俺が、急に追いついたんだ。

スターの活躍を邪魔する奴は、こうなるのがむしろ当たり前だ。

でもそれでいいんだ。

たとえどれほど周りから批判されようと、馬鹿にされようと、雑に扱われようと。

陰から守ることができればそれで充分だ。

俺は耳を傾けずに、バトンを待っているひなみを見つめながら、必死で走る。

「涼君！　こっちだよ！」

俺の目を見ながら大声を出した。

周りから不満の声が続出している中、ひなみだけは俺のことを真っ直ぐ(ます)に見つめてくれた。

不安そうな表情など一切見せず、真剣に、そして熱い目を向けていた。

俺はひなみの真っ直ぐな瞳に、改めて勇気づけられた。信じられていたら、それに応えるしかない！

草柳とほぼ同タイミングでテイクオーバーゾーンに入り、俺はそのままひなみにバトンを渡した。

「行けぇひなみ！」

「うん！」

ひなみはバトンを握りしめながら、勢い良く地面を蹴り、ゴールに向かって走り出す。

俺は走っていく彼女の背中を見つめながら、一気に全身から力が抜け、そして。

ズコッ！

砂煙と共に、俺は豪快に地面に転がった。

あはははは。情けねぇ。草柳とほぼ同着のままひなみにバトンを渡せたけど、この締めは情けねぇな。

『ひなみ選手！　慶道選手からバトンを受け取り、そのまま走り抜ける！　その跡を赤組Aチームが必死に追いかける！　しかし！　ひなみ選手速い！　ほぼ同タイミングでバトンを受け取ったが、差をどんどん広げていく！　白組逆転なるか⁉』

実況者の言葉を聞き、俺は一安心した。ひなみは運動が全くできない女子じゃない。

バレーの時もそうだったが、かなり運動に慣れている。だからこのままいけば、一位でゴールできるかもしれない。

後のことはひなみに任せ、俺は後ろに目を向ける。

すると、真後ろで息を切らしながらバトンを渡し終えた草柳が、俺のことを悔しそうに睨みつけていた。拳をギュッと強く握りしめていた。

「な、何でだ……。何で君は僕の一歩先を行く!? 借り者競争や、騎馬戦の時もそうだ！何で僕の一歩先に立ち、邪魔をするんだ！」

あの爽やかなイケメンが、鬼の様な形相をしている。そしてこの乱れよう。

俺に対して相当苛立っているみたいだ。

古井さんの作戦が上手くいき、草柳の作戦は機能していない。さらに最後のリレーに関しては、純粋な実力で追いついた。

冷静さを保てるはずがない。スターとして大注目される中、ここまで失態が重なれば、仮に赤組が勝っても、MVPは難しいだろう。

俺はボロボロになった体を起こしながら、ゆっくりと立ち上がる。

「別に邪魔なんてしないよ。俺はただ……守っているだけだ」

「は？　守る……だと？」

草柳は俺の言葉に、少し驚いていた。

一体誰を守っているのか？

それを聞きたそうにしていたが、俺は無視しながら、レーンの内側に入る。

お前に話すことなんてないっての。そして俺が内側に入った瞬間。

『ひ、ひなみ選手！　一着でゴールしたぁぁぁぁ！　赤組Aチームから逃げ切り、一位でゴールをしたぁぁぁ！』

「「「うおおおおおおお！」」」

会場全体が本日一番の大盛り上がりを見せる。

ひなみはゴールした後、応援席の方に体の向きをクルッと変えた。

「皆！　応援ありがとう！　一位でゴールできて嬉しい！」

一位でゴールをしたひなみが、応援席にいる人達に手を振りながら笑顔で応える。

多くの生徒から拍手され、称賛されているひなみは、

「えへへ」

嬉しそうに笑いながら、応援席に向かってピースをした。

可愛（かわい）らしい笑顔を見せられ、会場はさらに盛り上がった。

よし、ひなみの活躍もあってか、何とか一位でゴールすることができた。

皆がひなみに注目する中、俺は足を引きずりながら、応援席へと戻っていった。

これで少しは、ひなみの思い出作りに貢献できたかな。

第十七話 ― 真実

学年別選抜リレーが終わり、体育祭の全種目を無事に終えることができた。

今は結果発表待ち。少し時間があり、自由に行動できる。

私――九条ひなみはこの空き時間を利用して、ある人を校舎裏に呼び出した。

誰にも話を聞かれないように、あえて人気が少ない校舎裏で二人だけで会いたいとこっそり伝え、ここに来てもらった。

ある人に、ずっと確認したいことがあった。ずっと確かめたいことがあった。

でも恩人に出会えた喜びと、体育祭の準備に追われて、タイミングを逃してしまった。

だから今ここで聞きたい。確かめたい。

草柳さんが本物かどうかを。

「あ、あの！　すみません、急に呼び出してしまって。草柳さん」

真剣に見つめる私に対し、草柳さんはニッコリと笑顔を見せてくれた。

「大丈夫だよ、九条さん。全然気にしていないよ」

「あ、ありがとうございます。確認したいことがあるだけなので、すぐに終わります！」

「そうかい？　でももう少しここで話してもいいんだけど」

「いえ！　そ、そんなわけにもいきません！　時間も限られているので」

私は必死で頭を横に振りながら、本題へと入る。

「今ここに呼び出したのは、ちょっと見てもらいたい物がありまして」

「見てもらいたい物？」

「は、はい。それがこちらです」

私はポケットに入っているとある物を取り出し、草柳さんに見せた。

草柳さんがあの時助けてくれた男子学生だと知った時は嬉しかった。本当に嬉しかった。

運命的な出会いだと感じた。

でも、少しだけ違和感があった。

どうしても彼の背中に見覚えがない。信じたいけど、完全には信じられない。

だからこのお守りに見覚えがあるかどうかを確かめたい。

「あ、あの。草柳さんはこのお守りに見覚えってありますか？」

鼓動が速まり、今にも心臓が引き裂けそうになる。

物凄くドキドキしている。告白でもしてる気分みたい。

この質問の答えで、草柳さんが本物かどうか分かる。

あの時助けてくれた男子学生なら、このお守りに見覚えがあるはず。

私が真剣な目でジッと見ていると、草柳さんは口を開いた。

「見たことないけど、それがどうしたのかな？」

この言葉を聞いた瞬間。

私の頭は真っ白になり、現実を受け止めることができなかった。

あまりの衝撃だったため、言葉が出なかった。

今までずっと私の傍にいてくれた。

でも……。

それも全て嘘だった。

私を騙し、皆を騙し、偽りの称賛を受けていた。

真っ白だった頭が、次第に状況を理解する。それと共に、心の奥底から怒りが沸き上がってきた。

この人は……ずっと私を騙していたんだ。

どうしてかは分からない。でも騙して私の心を弄んでいたんだ。

なのに、私は全く気が付かなかった……。

「ん？　どうしたんだい九条さん？　何か顔色が悪いよ？」

草柳さんは私の顔を覗き込み、声をかける。

「い、いえ！　何でもありませんっ！　あっ！　そろそろ時間ですし、戻らないとですね！　ちょっと私先に戻っています！」

私は体の向きを変え、逃げるようにこの場から走り去った。

草柳さんが『急にどうしたんだい⁉　待ってくれよ！』と呼び止めていたけど、私は全て無視し、歯を食いしばりながら走り続けた。

情けない。本当に自分が情けない。

涼君と友里の関係に心が揺らいでいる時、草柳さんが現れた。

でも実際は違った。

運命なんてなかった。ただ単に私が騙されていただけだった。

悔しい……。それと共に自分の情けなさに腹が立ってくる。

どうしてもっと懐疑的にならなかったのだろう。

本当、私は馬鹿だよ……。

お守りを強く握りしめながら走っていると、いつの間にか涙がポロッとこぼれていた。

休憩時間を終え、いよいよ優勝結果とＭＶＰの発表が行われる。

どちらの組が勝ち、そして誰が選ばれるのかはまだ分からない。

グラウンドに全校生徒がぎっしりと並び、静かに結果発表の時を待つ。

すると、隣にいるドＳ王女古井(こい)さんが、腕を組みながら俺に声をかける。

「どうだった、体育祭の手ごたえは？」

「まあ、古井さんの作戦が全て上手(うま)くいったから、何とかなったよ。本当やっぱり凄いよ」

「これぐらい普通よ。特に大したことはしていないし」

「何かここまでくると、古井さんが怖いくらいだよ」

「怖いぐらいの女が一番魅力的よ？　どんな組織にいても力を発揮するから」

「た、確かにそうかもしれないけど……」

「あとは私達白組が勝ち、草柳以外の誰かがＭＶＰに選ばれれば、それでオッケイよ」

「そうだな。やるべきことはやり切ったし、後は神様に任せよう」

俺がそう言った後、本部に置いてあるマイクにスイッチが入ったのか、華(はな)先生の声が大ボリュームで聞こえた。

『あー、両校生徒の諸君。体育祭お疲れ様！　いやぁ～、中々に良い勝負だったと思うよ。

初めての合同体育祭だったが、大盛り上がりでこちらとしては大変嬉しい限りだ。さて、皆さんお待ちかね。結果発表の時間だ。白組と赤組、どちらが勝ったのか。そしてこの体育祭で一番輝いていたのは誰か。それを発表しようと思う。まずは優勝から発表だ。今年の合同体育祭の優勝は……』

華先生は数秒の間を作る。俺はその間、非常にドキドキしていた。

さぁ、どっちが勝つ⁉

皆が注目する中、華先生は声高らかにこう言い放った。

『白組の勝ちだぁぁぁぁ！　今年の体育祭の優勝は、白組だぁぁぁぁぁ！　おめでとう！』

「「「やったぁぁぁぁぁ！」」」

俺達白組は黙ってなどいられず、男女問わず腹の底から声を出した。

周りを見ると、嬉しさのあまり抱き合っている人や、ぴょんぴょんと飛び跳ねている人もいる。

俺もその中に交じって、こっそりとガッツポーズをする。

よしっ！　俺達が勝ったから、これで草柳がＭＶＰに選ばれることはない！

とりあえず何とかなりそうだ。この体育祭で草柳とひなみが付き合うことだけは阻止できた。

ふぅー、ちょっと一安心だ。少しだけ肩の荷が下りたな。

「よかったわ。何とかひなみを草柳から守ることができたわね」

「ああ、そうだね古井さん。本当よかった」

「でも油断はしちゃだめよ。まだ終わったわけじゃない。体育祭後にもあの二人が急接近する可能性もあるから、気を緩めないように」

「おうよ！」

俺達白組が優勝したことで喜びあっている中、華先生は続けてＭＶＰの発表を行う。

『いやー、赤組のみんなもよく頑張ったな！　勝っても負けても楽しければ全て良しだ！　さて、最後にＭＶＰについての発表だ。今年のＭＶＰは……。騎馬戦や対抗リレーで大活躍した九条ひなみだ！　今年のＭＶＰはひなみに決まりだ！』

ＭＶＰがひなみに決まった瞬間、赤白問わずグラウンドが一気にざわつき始めた。

「確かに、九条さんが一番輝いていたよな」

「九条さん凄い活躍していたから、そうだと思った！」

「やっぱりひなみさんかー。まあ大注目されていたもんなー」

まさかひなみが選ばれるのか。確かに活躍していたけど、本当に選ばれるとは。

草柳のＭＶＰを阻止することだけ考えていたから、誰が候補になるとか、全く気にしていなかった。

『じゃあMVPに選ばれたひなみ。前に出てきて簡単にスピーチを頼む』

すると前方の方から、「はいっ！」と元気よく返事をするひなみの言葉が聞こえた。

並んでいた列を抜け、そのまま両校生徒の前を走り、華先生のもとへ行く。

そしてマイクを手に取ると、ひなみはぺこりと頭を下げ、緊張しながらも挨拶をする。

『あ、あの！　時乃沢(ときのさわ)一年生、九条ひなみです！　この結果は皆さんの協力のおかげだと思います！　今年の合同体育祭のMVPに選ばれてとても嬉しいです！　本当にありがとうございます！』

ひなみの言葉に、全員拍手を送る。

拍手喝采が起こる中、グラウンドのどこかから、上級生らしき男子のこんな言葉が聞こえてきた。

「MVPに選ばれたなら、後夜祭のダンスは誰と踊るんだ⁉　草柳か⁉」

これに続き、

「草柳さんを相手に指名するのですか？」

「やっぱり英雄と踊るんですか？」

「ヒュー！　草柳と付き合っちゃえよ！」

こんな言葉が続々と聞こえてきた。

やばい、そうか……。

俺達は草柳がＭＶＰに選ばれることを阻止していたけど、ひなみが選ばれるパターンは考えていなかった！

通り魔から助け、そして奇跡的に再会を果たす。こんな恋愛映画並みのシチュエーションは中々ない。

加えて二人共容姿端麗で人気者だ。

これで付き合わない方が逆におかしい。

もしここでひなみが草柳を指名したら……。

もう終わりだ。あいつは必ずダンスで告白をしてひなみと付き合う。

隣にいる古井さんをチラッと見ると、親指の爪をキリッと噛んでいた。

「マズい。この展開は想定外よ。ひなみが選ばれた際の予防線はほとんど張っていない。彼らの言葉通り、ひなみが草柳を指名したらお終いよ。私としたことが……！」

やっぱり、古井さんもこの展開は考えていなかったみたいだ。

あの冷静な古井さんが珍しく動揺している。

やばい。もうこれダメだ。ひなみは草柳を指名するに違いない。

喜びから絶望へと変わった。そう思っていたが、現実は違った。

ひなみはマイクを握りしめながら、

『……私は、草柳さんを絶対に指名しません』

そう言った。

この瞬間、会場全体が一瞬で静まった。シーンッと誰一人喋らなかった。

え？　何で指名しないんだ？　だって偽物とはいえ、ひなみの恩人だぞ。

きっと皆同じことを思っているはずだ。なのに何で……。

その言葉に皆が疑問に思う中、ひなみはポケットからある物を取り出し、皆に見せた。

ちょっと距離が遠くてはっきりと見えないが、もしかしてあれは……。お守りか？

『今私が右手に持っている物は、あの時助けに来てくれた人のお守りです。彼は私の前でこれを落とし、名乗らず去っていきました。いつか恩人に出会えたら、これを必ず返すと決めていました。ですが……。草柳さんはこれを、見たことがないと言いました。もし本物であるなら、見覚えがある、と言うはずです。ですから草柳さんは……』

ひなみはその後、全校生徒の前で最後にこう言い放つ。

『彼は偽物です』

衝撃的な事実が発覚し、開いた口が塞がらなかった。

草柳は容姿端麗で運動神経も良い。それに人望も非常に厚い男だ。

だから皆彼が英雄だと名乗り出た時、疑わなかった。むしろ信じ込んでいた。

しかし、その信用がたった今崩れた。

あれだけ大注目され、英雄扱いされていた草柳だが。

合格祈願

その正体は偽物だったことが、ついに公になる。

「ちょ、ちょっと待ってくれよ九条さん！　僕は本物だよ！　嘘じゃない！　しばらく目にしていなかったから、どんなお守りなのか忘れていただけだよ！」

赤組が並んでいる列のどこかから、苦し紛れの言い訳が聞こえてきた。

それに対し、ひなみは冷静に返す。

『そうですか。ではこのお守りをどこで買ったんですか？　もしくはどこの神社で貰ったのですか？　持ち主であるなら、しっかりと覚えているはずです』

「え、ええとそれは……」

草柳はこの質問に答えられるはずがない。お前は本物じゃないんだ。

あのお守りがどこのものかなんて、知っているはずがない。

『あなたが英雄だと名乗り出てくれた時、本当に嬉しかった。でもどうしてもあなたの背中に見覚えがなかった。初めて見る背中だった。確認したくても中々タイミングが合わず遅れてしまいましたが、でもあなたの本性を知ることができました。草柳さん、あなたは私の気持ちを利用した詐欺師です。この先何があろうとも、私はあなたを絶対に許しません！』

強く言い切ると、ひなみはマイクを華先生に渡し、元の場所へと戻っていった。

それと共に、

「嘘だぁぁぁぁぁぁぁぁぁ！」

草柳が崩れ落ちる音が俺の耳にハッキリと届いた。

第十八話　正体

体育祭の結果発表が終わり、これから後夜祭のダンスが行われる。

参加する学生達が皆準備を進める中、俺と古井さんだけ、校舎裏でひっそりと密会していた。

ダンスが始まるまでの間、今日あった出来事について話していた。

「まさか、ひなみが自発的に草柳の正体に気が付くとはね。すっかりお守りのことを忘れていたわ。神様に助けられたわね」

「確かにね。落とした俺自身も存在を忘れていたよ」

俺達の作戦の目的は、草柳とひなみが体育祭でくっつくことを阻止すること。

その後のことについては、後々考えようとしていたが、状況が変わった。

ひなみ本人が草柳の正体を見破り、そして全校生徒の前で偽物だと告白した。

まさかこんなことになるとは本当考えてもいなかった。

ちなみに草柳はあの後、物凄い大バッシングを受けていた。

「よくも騙したな！」

「卑怯者！」

「最低なクズ男！」

と、四方八方から責められ、いつもの爽やかな笑顔が、ぐちゃぐちゃになるほど泣きじゃくっていた。

ひなみを騙し、皆の心を利用した代償はデカい。もう信用と友達、仲間の全てを失ったに等しい。

今は星林高校の校長室で、何故嘘をついて名乗り出たのか、尋問されている。

あれだけメディアを騒がせたんだから、『すみません』の一言で終わるわけがない。

多分、停学か最悪の場合退学になるかもしれないな。

「古井さんがひなみに何か言ったのかと思っていたけど、実際は違うんだよね？」

「ええ。私は何もしていないわ。まさかあの時のお守りがこんな結果を招いてくれるとはね」

古井さんはその後も続ける。

「ひなみと草柳がくっつく心配はなくなったわ。これでひとまず安心だけど、君……。足の方は平気なの？　最後のリレーの時は相当痛がっていたけど」

古井さんは俺の右足に目を向ける。

今も痛みはあるけど、俺は心配かけないように、笑顔を見せた。

「平気だよ。ちょっと足を踏まれただけだから」

「ふぅーん。そう。この後のダンスは参加できそうなの？」

「まあダンスぐらいならできるけど、参加はしないかな」

「……え？　参加しないの？　どうして？　皆参加するわよ」

古井さんの言う通り、ダンスは後夜祭の締めイベントだから、基本的に参加する人が多い。

特に今年は合同体育祭だから、男女の出会いが豊富だ。色んなペアが参加する。

だが、俺は未だに相手がいない。踊る相手がいないのだ。

足は痛いけどダンスならギリ踊れる。でも相手がいないんじゃまあ無理だ。

「参加したところで、一緒に踊る人がいないしさ。それに俺を指名する人は誰もいないはずだ。だから俺はもう帰るよ」

「でも一年に一度の体育祭よ。出た方がいいんじゃないかしら？」

「俺達の当初の目的は達成できたんだ。だからもういいかなって」

「……そう。まあ無理に参加しろとは言わないけど」

古井さんは納得してない顔を浮かべる。てっきり強引に参加させられるのかと思っていたから、この対応はちょっと意外だ。

「ダンスには俺は出ないから、もうそろそろ帰ろうかな。ここにいてもしょうがないし。あ、そうだ古井さん。最後に一ついい？」

「何かしら？」

ちょっとだけ間をおいた後、心がムズムズする感覚に襲われながらも、俺はしっかりと古井さんの目を見た。

「……本当ありがとうな。古井さんがいなかったら、ここまで上手くいっていなかったよ。助かった。ありがとう」

古井さんが協力してくれたからこそ、ここまでこられたと思う。大変なことや、いじられたこともあったけど、それでも古井さんがいなかったら、できなかったと思う。

だから、感謝の言葉を贈ったのだ。

俺の言葉を聞いた古井さんは、ポッと耳を真っ赤にした。そのままプイッと顔を横に向け、口調を乱した。

「べ、別にこれぐらい当たり前よ！　な、何急に言ってんのよ！　こ、このバカッ！」

うわー、やっぱり古井さんは褒めに弱い。絶対に弱い。

これは大きな収穫だ。やはり古井さんは褒められるとつい照れてしまうんだな。

「こりゃ古井さんの弱点を一つみっけ！　いつもいじられているから、今度仕返ししてやる！」

俺が少しだけ勝ちを確信したと思ったら、顔を真っ赤にしていた古井さんが、急に元に戻った。と同時に、辺り一帯の空気が冷たくなる。

「は？　殺すぞ？　社会的な意味で」

「あ、はい。すみません……」

やっぱりこの人怖い！　何その目！　まるで猛獣じゃねぇか！　調子に乗るなよって言っているのが伝わってくる。

切り替え早いな本当。

「ま、まあそういうことだから、俺はとりあえず、準備したら帰るよ」

このままここにいたら命が危ないと思い、俺は立ち去ろうとする。

すると、古井さんが俺の手を突然摑(つか)み、動きを封じた。

「ど、どうしたの古井さん？」

「私も最後に一ついいかしら？」

古井さんは俺の反応を無視しながら、こんな質問を投げかける。

「どうして、このタイミングで名乗り出ないのかしら？」

「……え？　どういうこと？」

「だって、草柳が偽物だと分かったのよ？　本物である君が真実を明かすなら今が絶好のチャンスでもある。この機を逃せば、もうこんなチャンスはないわ。本当にいいの？　救えなかった友達のことも分かるけど、自分が本物だってことを一生隠し通すの？」

確かに古井さんの言う通りだ。

偽物だと分かった今が、正体を明かすチャンスだ。これを逃せばもう無理だ。

でも……。それでも。

俺は正体を隠し通し続ける。

「ひなみは皆を照らす光だよ」

「え？」

「ひなみは明るくて可愛くて、誰からも好かれる。皆を明るくさせてくれる存在だ。だから俺は……。彼女が照らす光の影でいい。影となって支えられればそれでいい。だからこのままでいいんだ」

俺がそう言うと、古井さんは納得したのかゆっくりと手を放してくれた。

「そう。分かったわ。これからもあの子のことをよろしく、影のヒーローさん」

「ああ。じゃあまた」

俺は古井さんのもとを離れていった。

俺の役目は終わった。あとはもう、家でゆっくりしよう。

が。

古井と涼。この二人は周囲に聞かれないように、ひっそりと校舎裏で話をしていたのだ

とある人物に偶然にも聞かれてしまう。

（ええっ⁉　う、嘘！　涼が……。あの時の本物の英雄だったの⁉）

その人物は二人の校舎裏での会話内容に、開いた口が塞がらなかった。

（ま、まさか涼と古井っちがそういう協力を裏でしていたとは）

盗み聞きをしていたのは……。

涼の音ゲー仲間である友里だった。

彼女はダンスで涼と一緒に踊るために、声をかけようと跡をつけていたところ、偶然聞いてしまったのだ。

友里は衝撃的な事実に腰の力が抜けそうになるが、それでも必死に校舎裏から走り去っていった。

第十九話　私は……

嘘……でしょう。

まさか涼がひなみを助けた英雄だったなんて、全く気が付かなかった！

どうして古井っちが涼の正体を知っているのかは分からないけど、それでも二人は協力して草柳からひなみを守っていたんだ。

涼がどうして最後のリレーをボロボロになりながら走ったのかも、理解ができた。

ひなみを守るためだったんだ。

こんなにも近くに英雄がいたなんて、驚きだよ。

でも、どうしてひなみに本当のことを言わないんだろう……。

何か深いわけでもあるのかな。

ああ、何か凄いことを聞いちゃったよ！　どうすればいいの!?

多分盗み聞きしていたことはバレてないと思うから、知らぬフリして涼を誘えばいいのかな？

でも逆に緊張しちゃうよ。本物の英雄を前に自然な表情できるかな。

はぁ～。どうすればいいんだろう。ダンスどうしよう。

私は校舎裏からだいぶ離れたことを確認すると、グラウンド内を歩き始める。

周りを見てみると、ペアになった男女のカップルで賑わっていた。

う、うわっ！　リア充だ！　リア充集団だよ！

いいな～、気になっている人と踊れて。私も涼を誘いたいけど。

でもちょっとどうしよう。心配だ。

こ、ここはスマホでも使って連絡すれば……。

私はポケットからスマホを取り出し、涼に連絡をしようとした。

その時、後ろからこんな声が聞こえた。

「あ、あのひなみさん！　もしよかったら俺と踊ってください！」

「お、俺もペア空いてます！　英雄じゃないけど、それでも九条さんと踊りたい！」

「九条さん！　僕とぜひ！」

「み、皆さん！　お、落ち着いて下さい！」

後ろを振り返ると、多数の男子生徒と、彼らに言い寄られ苦笑いを浮かべるひなみがいた。

ああ、大変そうだな。ひなみ。

多分十人近くはいるよね。これだけの人に誘われるなんて、ちょっと羨ましいな。

まあ、ＭＶＰに選ばれるほど注目されたわけだし、こうなるのも当然か。

ひなみは誰と踊るんだろうな〜。ちょっと気になる。

でも人のことを気にするより、自分のことを考えないと。

私も勇気を振り絞って涼に連絡を……。

スマホでメッセージを送ろうと思ったのだが。

何故か手が動かなかった。

どうしても、涼とひなみの関係が頭から離れなかった。

涼はずっと正体を隠しながらひなみの影となり守っていた。

古井さん以外に正体を打ち上げず、一人で頑張ってひなみを守っていた。

一方ひなみは、偽物に騙されたとはいえ、今も本物を探している。

二人はこんなにも近くにいるのに、交わることはない。

これでいいのかな……。

だって、涼は今日一日頑張ってひなみを守った。守り抜いた。なのに誰からも称賛されずこのまま家に帰るなんて、いくらなんでも……。

それにひなみも、恩人に会いたがっているはず。

この二人の関係を知って、私だけ良い思いをしていいのかな？

気持ち良くダンスを踊れるかな？

そう考えていると、私は自然とスマホの画面を閉じていた。

どうしても無視できない。

私は涼のことが好きだ。大好きだ。

でも、それでもさ。

頑張ったんだから、ご褒美ぐらいあってもいいはずだよ。このまま私だけが良いとこ取りしても、何も嬉しくない。

あの二人の会話を聞いてしまった以上、私にだってやるべきことがある。

このまま私だけ幸せになるのは間違いだ！

スマホをズボンのポケットに入れると、私はひなみに群がっている男子生徒達の中にズカズカと入っていく。

そしてひなみの前にたどり着くと、私は彼女の手を握りしめる。

「えっ？　友里？　どうしたの急に？」

驚くひなみを無視して、私は群がっている男子生徒達にこんな言葉をかける。

「いや～、皆さんすみません～。実はひなみを連れてくるように先生に言われていまして。だからちょっとお借りしますね！」

勿論嘘だ。ひなみは先生に呼び出されていない。でもこの場を切り抜けるには持ってこいの口実だと思ったから、つい口から出てしまった。

「それじゃひなみ！　行こうか！」

「え⁉　あ、ちょっと友里⁉」

困惑するひなみだが、それでも私は強引に手を引っ張り、連れ出した。

「あ、ひなみさん！」

「ちょっと！」

「そ、そんなー。今じゃなくてもいいじゃないか」

こんな感じの声が後ろから聞こえたけど、私は全部無視して真っ直ぐ走り出す。

ごめんね、ひなみ。ちょっと強引になっちゃって。でもこうでもしない限り、あの場からは抜け出せない気がしたの。

男子生徒達からだいぶ離れた所まで走ると、私は足を止め握っている手を静かに放した。

ここまで来れば、もう追ってこないだろうし、大丈夫でしょ。

「ごめんね、ひなみ〜。無理やり連れ出しちゃってさ」

私は後頭部をかきながら、苦笑いを浮かべる。

怒られるかなって思っていたけど、実際はそうでもなかった。

「ううん。大丈夫だよ。ちょっと私も困っていたから助かった。ありがとう」

むしろひなみを助けたみたいだった。ラッキーだね。

「それでどうして私が先生に呼び出されたの？」

純粋な目を向けるひなみに対し、私も正直に明かす。

「いや〜、実は呼び出しは嘘なんだよね〜。ひなみに頼みたいことがあってさ」

「頼みたいこと？」

「うん……。じ、実はさ。涼がダンスのペアがいないみたいで、もうそろそろしたら帰るみたいなんだ。もしよかったら……。ひなみ、涼と一緒に踊ってあげてほしい」

「え？　私が？」

「うん。私は古井っちと踊るつもりだからさ。同性同士でも参加できるし。もしまだペアが決まっていなくて、涼と踊ってもいいなら、付き合ってあげて」

「で、でも友里は涼君のこと……」

「私のことはいいからさ。確かに好きだけど、今日は古井っちと色々話したいこととかあるし。それに、ひなみのことを陰からサポートしてくれたのは涼だよ？　選抜リレーとか騎馬戦とか、凄いサポートしてくれてたじゃん。だからさ、涼と踊ってあげて。ね？」

今ここでひなみに正体を伝えてもよかったかもしれない。そうした方が、偽物が消えて、本物が現れる最高のシチュエーションになるだろうし。

でも……。涼に何があったのかは分からないけど、あの会話を聞く限り、正体を隠し通したいらしい。

だから私が涼の気持ちを尊重しないで全てを言うのはダメだと思った。

今の私にできることは、この二人をどうにかペアにさせること。

涼は陰から頑張っていたんだ。あのまま何もなく帰らせたくない。

私の親友を守ってくれたんだから、せめてこれぐらいの恩返しはしたい。

大人になって振り返った時に、『高一の体育祭は楽しかった』って言ってほしい。

私の勝手な行動かもしれないけど、それでも涼には楽しんでほしい。

私はひなみを真っ直ぐに、真剣に見つめる。

すると、私の想(おも)いが届いたのか、ひなみは口角を上げた。

「そっか……。うん！　分かった！　声をかけてみる！」

ひなみの言葉と笑顔につられ、私もニッコリと笑った。

「さっすがひなみ！　涼は多分正門付近にいると思うから、早く行ってあげて！」

「ありがとう！　じゃあ今すぐ行くね！」

「だね！　涼のことよろしく！」

私がひなみに向けて親指を立てると、それが合図になったのか、ひなみは体の向きを変え正門に向かって走り出した。

私は走っていくひなみの背中を後ろから見つめる。どんどん遠くなっていく。

今の私にできるのはこれぐらいだよ。

あーあ。涼と踊りたかったなー。

でも、涼はボロボロになりながらひなみを守っていた。頑張っていた。ここで私が涼を取ったら、なんだかフェアじゃないよね。

だから今回はひなみに譲る。頑張って。

けど、今後はもう譲らないよ。私だって頑張りたいもん！

第二十話　誘い

あー。体がいてぇー。選抜リレーで無理して走って、最後は思いっきり転んだもんなー。

こりゃ明日筋肉痛で動けなくなりそうだ。

俺は疲労困憊（ひろうこんぱい）の体をどうにか動かしながら、正門へと向かう。

疲れたー。でも何だかんだ結果オーライだったな。

草柳（くさやなぎ）の正体が公になったし、ひなみも気が付てくれた。

もう俺のやるべきことはやり切ったし、さっさと帰ろう……。そして音ゲーをやりたい。

トボトボと歩いていると、正門が見え始めた。

正門を出てそのまま帰宅する生徒がチラホラいるが、両手の指の数以下だ。

ダンスに参加しない生徒は、圧倒的に少ないようだ。

悲しいな俺。特にこの後予定とかないのに、帰るなんて。

普通にペアがいない。誘われていないし。まあ、しょうがない。あんまり友人いないし。

ひなみや友里（ゆり）は人気者だから、とっくにペアが決まっているはずだ。

俺が入るスキはない。俺みたいな奴はさっさと帰った方がいい。

俺はそんなことを考えながら正門を通り過ぎようとした時だ。

「あっ！　りょ、涼君！」

後ろから俺の名前を呼ぶ声が聞こえた。思わず俺の足がピタリと止まる。

あれ……、この声って。

俺は振り返るとそこには……。

息を切らしながら汗を流しているひなみがいた。

え、何でここにひなみが？

「どうしたんだよ、ひなみ。そんなに慌てて」

「えっ!?　あ、ええっと……。ちょ、ちょっと涼君に用があってね。そ、それで急いでここに……」

何だ、俺に用？

「俺がここにいるってよく分かったな。それで、どうしたんだ？」

俺がそう聞くと、ひなみの顔が一気に赤くなり、オドオドし始めた。毛先をクルクルと指で巻きながら、俺の方を何度もチラチラ見つめてくる。

な、何か言いたげな感じがする。あれ、もしかして正体がバレたか？

いやいや！　そんなはずない！

でもこの雰囲気はどうしたんだろう。

俺はひなみが話し始めるまで少しの間待ってみる。

すると、何度も口をパクパク動かしながら、声を小さくしてこう言い出した。

「え、えと。あ、あの……。ペアでのダンス、お、踊ってほしい、です……」

「……え？　え⁉　今一緒に踊ってほしいって言った？」

「うん……」

コクリとひなみは小さく首を縦に振った。

なにぃぃぃぃ⁉

え⁉　俺がダンスに誘われたのか⁉

そ、そんなことがあっていいのか⁉　だって相手はひなみだぞ⁉『千年に一人の美少女』だぞ？

「ひ、ひなみ！　本当に俺なんかでいいのか⁉」

「う、うん！　涼君と一緒にダンスを踊りたい！　ダ、ダメかな？」

ここでひなみは目をウルッと輝かせながら、首を傾げる。

まるで売れ残った可哀そうな子犬みたいじゃねぇか。そんな瞳で見つめられたら断れない……。

「で、でも何で俺なんだ？　他にペア候補ならいっぱいいるだろうに」

「え、えっとね。色々あって、その……。私は涼君と踊りたい。友里と古井ちゃんも出るから、一緒にどうかな？」

その言葉を聞いた時、俺の心はドキュンッと射抜かれてしまった。

え、嘘でしょ？　これ夢じゃないのかよ！

俺本当にひなみに誘われたのかよ！

いやでも何でだ⁉

あー分からん！　全く理由が分からない！

でも、ひなみはＭＶＰに選ばれたから、指名権がある。

ここで断ったら、男として失格だな。普通にルール違反だし。

それに、古井さん達も出るみたいだから、体育祭最後の思い出を作るとするか。

皆でな。

「そっか。じゃあ行くか。俺ちょっと足痛めてるからあんまり激しい動きとかできないけど、よろしく。ＭＶＰさん」

俺の言葉を聞いたひなみは、ピカーッと太陽のように輝き始め、ニッコリと笑った。

「うん！　もうそろそろしたら始まるみたいだから、行こう！」

ひなみはそのまま俺の手を強く握りしめた。

「じゃあ行くか」

俺とひなみはそのまま、グラウンドに戻り、ダンスに参加した。

エピローグ

友里に背中を押され、私は涼君をダンスに誘うことができた。

グラウンドに戻ってみると、既に後夜祭が始まっており、私と涼君は急いで参加した。

皆でリズムに合わせながら手を取り合い踊る。その中に交じって、私と涼君も踊り始める。

ダンスは初めてだから、あまり上手に踊れないけど、それでも涼君と息を揃えて踊ることができた。

涼君の大きくて頼りがいのある手をそっと握りながら、交互に足を動かす。

「ひなみ、ダンスは初めてか？」

「う、うん。ごめんね。私あんまり上手くなくて。涼君は経験あるの？」

「中学の時に踊ったことがあるんだ。だいぶ前だけど、体は覚えてたみたいだ」

「そうなんだね。私も一度ぐらい経験しておけばよかった。皆上手だから焦っちゃうよ」

「他の人達なんて見なくていいさ。今は俺とひなみが踊っているんだから、他の人のことなんて気にしなくていいよ」

「そうだね。涼君の言う通りだね」

私達はその後も踊り続けた。涼君は足を痛めてるみたいだから、負担にならない様にペースを落とした。

私は踊りながら今日一日の出来事を振り返る。

結局草柳さんは偽物だった。命の恩人ではなかった。私はただ、甘い言葉に騙されただけだった。

気持ちが揺らいでいる時に、草柳さんが現れたからつい心が跳ね上がってしまった。

そのせいで大切なことに気が付くのが遅れてしまい、今日まで騙され続けた。

自分が情けない。本当に情けない。

ダメだよね、私って。みっともない。

もうこの先、あの時助けてくれた恩人には、二度と会えないのかな……。

そんな不安が私の心を苦しませる。暗い色に染まる空につられて、私の気持ちもだんだんと暗くなる。少しだけ冷たくなる空気に、私の心も冷め始める。

すると、私の変化に涼君は気が付いた。

「ん？　どうしたひなみ？　暗い顔して」

「え？　ああ、ううん。別になんでもないよ」

「……。もしかして、草柳が偽物で騙されていたことを、気にしているのか？」

「う、うん」

私は肯定するしかなかった。騙されていたことは事実だから。

「ちょっと情けないなって思ってね。つい気持ちが上がって、自分がいいように利用されていることに気が付かなかった」

草柳さんは悪い人だった。私を初めから騙す気でいた。でもそれに気が付かず、心も奪われかけた。

だからちょっとだけ怖い。またこの先も誰かに騙されるんじゃないかって。利用されるんじゃないかって。

そう考えていると、涼君が握っている手を静かに放し、私の頭に乗せた。

そのままニッコリと笑顔を見せる。

「気持ちは分かるさ。でも大丈夫だよ」

涼君はそのまま続ける。

「俺はさ、別に草柳みたいにイケメンじゃないし、人望もないけど。ひなみが困っている時に傍にいてやることぐらいはできる。だからさ、余計な心配はすんなって。ひなみはネットで凄い有名人だから、今後も変な野郎が現れるかもしれないけど、俺が何とかする」

「涼君……」

その言葉を聞いた瞬間。

私の心が急に温かくなった。胸の奥が何か温かいものに包まれる感覚がした。

いつもそうだ。いつも振り返ると涼君が傍にいてくれた。

不良に襲われた時も、林間学校の時も、体育祭の時も。困った時は、助けてほしい時はいつも傍にいてくれた。

そのことに気が付くと、思わず涙が出そうになった。

でもダメだ。泣いたらダメだ。

私だって強く生きなきゃ。

もう騙されず自分の気持ちに――涼君が好きだという気持ちを強く持って、真っ直ぐ前を歩かないと、本気で涼君のことを好きになれない。

もし命の恩人に出会えた時、あなたが助けてくれたおかげで、楽しい生活を送れていますって。そう言いたい。

「ありがとう、涼君。私ももっと強くならないとね。でないとずっと涼君に迷惑をかけっぱなしになってしまう。また誰かに騙されてしまう」

「そうだな。強くなれるさ、ひなみなら。応援するよ。ひなみの恋愛も上手くいくといいな」

「うん！」

しばらくの間、私と涼君は笑顔のまま見つめ合った。
元気が出てきた。よかった、勇気を振り絞って涼君を誘って。
友里と涼君は運命的な再会を果たしている。
それが分かった時は私が二人の間に入るべきじゃないって思っていた。
でも、やっぱり私は涼君が好きだ。大好きだ。
この気持ちにだけは嘘をつきたくない。
この先何があっても。また誰かが私を騙して利用しようとしても。
私は……。
涼君のことをずっと好きでいたい。
誰にも負けないぐらい、好きでいたい。
これからもずっと。
私は再び涼君の手を握り、そして。
ダンスの続きを始めた。

あとがき

どうも！　読者の皆様お久しぶりです！　作者の水戸前カルヤです！

二巻を買ってくださり、本当にありがとうございます。

第二巻が発売することとなり、ものすごーく嬉しいです！

ですが、こうして第二巻が完成するまで、結構な試練が続きました（笑）。

就職活動と同時並行で執筆作業を進められるように、去年の九月～十月に第二巻の内容をカクヨムで書き進めていました。

その文字数はおよそ五万文字です！

これぐらい書いておけば、就活と上手く両立して進められるだろうと思っていました。

しかーし！

いざ正式に第二巻の制作が決まり、担当と打ち合わせをしたのですが……。

予め書いていた五万字の原稿が、全てボツとなりましたぁぁぁぁ！

ストーリー自体は変わっていないのですが、細かい個所がいくつも変更となり、結局使えなくなってしまいました。

　それでも書くことが私の仕事です。気持ちを切り替えて、ゼロから新たに書き始めました。

　しかぁぁぁし！

　ここで、また試練が訪れます！

締め切りの四日前に、インフルエンザになってしまいましたぁぁぁぁ！

本当、何で感染したんですかね（笑）

　しかもですよ！

　私がインフルエンザに感染した三日後に、本命企業様のエントリーシートの締め切り日が迫っていました！

　うわぁぁぁぁー、こりゃやばい。という気持ちでしかなかったですね。

　インフルエンザに感染し、寒気と鼻水、咳（せき）に襲われながら原稿、そして本命企業様のエントリーシートを午前四時ぐらいまで、必死に書いていました。

　あの時の私、本当によく頑張りましたよね。よく乗り越えた！　偉い！

　こんな感じでインフルエンザに感染しながらも、どうにか頑張ったのですが。

　またしても試練が訪れます！

　いやもう本当、何回目だよってぐらいですよね。

何とか書き上げた本命企業様のエントリーシートが幸運にも通過したのですが、まさかのプレゼン発表を一次面接で行う必要がありました。

プレゼンですよ！　しかもお題が中々ハードでした！

このお題を一枚でやれというのか……という感じの絶望に襲われました（笑）。

さらに、別企業様の選考と執筆作業が同時に進んでおり、かなりきつかったです。

でも、就活を応援してくださる方に協力してもらい、何とか頑張って資料を作り、無事に一次が通りました。

ここでようやく一安心できる。

と思いきや、他社様（エンタメ系企業）のエントリーシートが続々と解禁されました。

エンタメ業界って、とても人気業界でして、憧れる就活生が大変多いです（私もそのうちの一人ですが）。

手書きでエントリーシートを書かなければならない企業様が非常に多いです。

本当に苦労しましたよ。朝から晩までずっと作業していた記憶しかありません。

今振り返ると、昨年の十一月から今年の三月まで、友達と遊びに行った回数が二回しかない……。クリスマスとかずっとスタバで作業をしていたな……。

これもまた、ラノベ作家兼大学生の定めか（笑）。

一体いくつあるんだよってぐらい試練が続きました。

それでもどうにか頑張って、必死になって第二巻を作り上げました。

読者の皆さん、本作はどうでしたでしょうか？

個人的には、ひなみと涼をダンスでくっつけた友里に、グッと心が動きました。作者自身がキャラの行動に感動することってあるんですね。

また、お風呂で涼と電話をする古井さんも、結構面白くかけたかなと感じています。

読み返している時、不思議とニヤニヤしていました（笑）。

各個人により面白いと感じるポイントは異なると思いますが、少しでも多くの読者に楽しんでもらえるようにと書き上げました。

もし三巻の制作が決まりましたら、引き続き水戸前カルヤは、精一杯頑張りたいと思います。

今後とも、涼とひなみ達の青春をよろしくお願いいたします！

それと、ひげ猫様。

今回も素敵なイラストを描いてくださり、ありがとうございます。

ひげ猫様が描くひなみは、本当に可愛いです。最高です！

今後ともよろしくお願いします！

読者アンケート実施中!!

ご回答いただいた方の中から抽選で毎月10名様に
「図書カードNEXTネットギフト1000円分」をプレゼント!!

URLもしくは二次元コードへアクセスし
パスワードを入力してご回答ください。

https://kdq.jp/sneaker

[パスワード：k3txu]

●注意事項
※当選者の発表は賞品の発送をもって代えさせていただきます。
※アンケートにご回答いただける期間は、対象商品の初版（第1刷）発行日より1年間です。
※アンケートプレゼントは、都合により予告なく中止または内容が変更されることがあります。
※一部対応していない機種があります。
※本アンケートに関連して発生する通信費はお客様のご負担になります。

スニーカー文庫の最新情報はコチラ!

新刊 / コミカライズ / アニメ化 / キャンペーン

公式Twitter

[@kadokawa sneaker]

公式LINE

[@kadokawa sneaker]

友達登録で
特製LINEスタンプ風
画像をプレゼント!

地下鉄で美少女を守った俺、名乗らず去ったら全国で英雄扱いされました。2

著　水戸前カルヤ

角川スニーカー文庫　23647

2023年５月１日　初版発行
2023年11月15日　再版発行

発行者　山下直久

発　行　株式会社KADOKAWA
〒102-8177 東京都千代田区富士見2-13-3
電話　0570-002-301（ナビダイヤル）

印刷所　株式会社KADOKAWA
製本所　株式会社KADOKAWA

◆◇◇

Printed in Japan　ISBN 978-4-04-113649-2　C0193

★ご意見、ご感想をお送りください★

〒102-8177 東京都千代田区富士見 2-13-3
株式会社KADOKAWA　角川スニーカー文庫編集部気付
「水戸前カルヤ」先生
「ひげ猫」先生

角川文庫発刊に際して

角川源義

第二次世界大戦の敗北は、軍事力の敗北であった以上に、私たちの若い文化力の敗退であった。私たちの文化が戦争に対して如何に無力であり、単なるあだ花に過ぎなかったかを、私たちは身を以て体験し痛感した。西洋近代文化の摂取にとって、明治以後八十年の歳月は決して短かすぎたとは言えない。にもかかわらず、近代文化の伝統を確立し、自由な批判と柔軟な良識に富む文化層として自らを形成することに私たちは失敗して来た。そしてこれは、各層への文化の普及滲透を任務とする出版人の責任でもあった。

一九四五年以来、私たちは再び振出しに戻り、第一歩から踏み出すことを余儀なくされた。これは大きな不幸ではあるが、反面、これまでの混沌・未熟・歪曲の中にあった我が国の文化に秩序と確たる基礎を齎らすためには絶好の機会でもある。角川書店は、このような祖国の文化的危機にあたり、微力をも顧みず再建の礎石たるべき抱負と決意とをもって出発したが、ここに創立以来の念願を果すべく角川文庫を発刊する。これまで刊行されたあらゆる全集叢書文庫類の長所と短所とを検討し、古今東西の不朽の典籍を、良心的編集のもとに、廉価に、そして書架にふさわしい美本として、多くのひとびとに提供しようとする。しかし私たちは徒らに百科全書的な知識のジレッタントを作ることを目的とせず、あくまで祖国の文化に秩序と再建への道を示し、この文庫を角川書店の栄ある事業として、今後永久に継続発展せしめ、学芸と教養との殿堂として大成せんことを期したい。多くの読書子の愛情ある忠言と支持とによって、この希望と抱負とを完遂せしめられんことを願う。

一九四九年五月三日

お見合いしたくなかったので、無理難題な条件をつけたら同級生が来た件について

桜木桜

イラスト clear

story by sakuragisakura
illustration by clear

わたしと嘘の"婚約"をしませんか?

嘘から始まるピュアラブコメ、開幕。

お見合い話を持ってくる祖父に無理難題をつきつけた高校生・高瀬川由弦。数日後、お見合いの場にいたのは同級生の雪城愛理沙!? お見合い話にうんざりしていた二人は、お互いのために、嘘の『婚約』を交わすことになるのだが……。

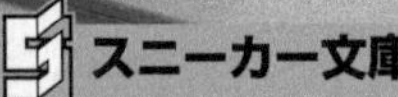

CONNECT
Reunited
with my former lover on
a dating app
マッチングアプリで
元恋人と再会した。
ナナシまる
ILLUST
秋乃える
シリーズ続々重版中!!
アプリが告げる運命の相手は、
疎遠になっていた元カノ!?
友だちの勧めで始めたマッチングアプリ。【相性98%】運命の人との初対面――しかしその相手は元カノ・高宮光だった! 同じ大学の美少女・初音心ともマッチし……未練と新しい恋、どっちに進めばいいんだ!?
スニーカー文庫

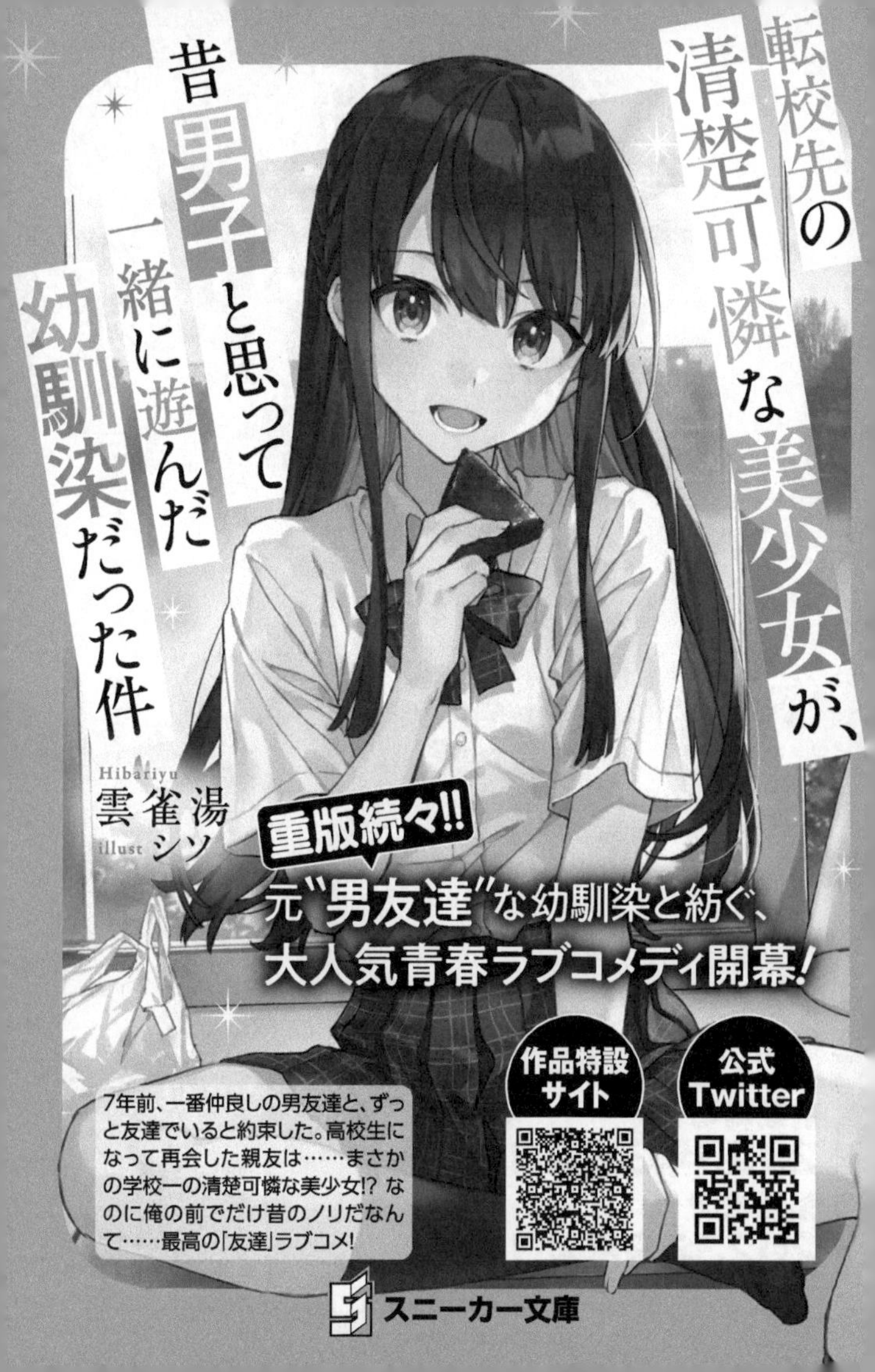
転校先の清楚可憐な美少女が、
昔男子と思って
一緒に遊んだ
幼馴染だった件
Hibariyu
雲雀湯
illust シソ
重版続々!!
元"男友達"な幼馴染と紡ぐ、
大人気青春ラブコメディ開幕!
7年前、一番仲良しの男友達と、ずっと友達でいると約束した。高校生になって再会した親友は……まさかの学校一の清楚可憐な美少女!? なのに俺の前でだけ昔のノリだなんて……最高の「友達」ラブコメ!
作品特設サイト
公式Twitter
スニーカー文庫